堅物夫が私（妻）と浮気しています!?

m a r m a l a d e b u n k o

あさぎ千夜春

マーマレード文庫

目次

堅物夫が私（妻）と浮気しています!?

堅物夫が私（妻）と浮気しています!?

「正直言って、俺はもう我慢の限界なんだ。こんな結婚生活いつまでも続けられない……終わりにしたい。彼女の卒業式がタイムリミットだ」

二十一歳の春に入籍して約半年。

ずっと優しかったが、一方でどこかよそよそしく遠慮していたような夫――小野寺尊の発言を耳にして、芽衣子は凍りついた。

芽衣子は結婚前から尊を心から尊敬し、こっそりとひとりの男性として愛していた。たとえ同じ重さで愛を返してくれなくても、彼の側にいられることが嬉しかった。

だがその夫が確かに口にしたのだ。

『我慢の限界』だと。

彼はもう芽衣子の夫であることに、耐えられなくなってしまったということなのだろうか。

結婚生活の終わり――。

『離婚』の二文字が脳裏をちらつく。

つい先ほどまで夫への恋心で浮かれていた体が、一気に冷えていくのを感じる。

足元から崩れ落ちるような虚脱感に苛(さいな)まれた芽衣子は、震えながら胸の前でこぶしを握りしめていた。

女として見られていなくても、いつか寄り添える日が来ると思っていた。

今日、必死で準備したふたりの時間だって、彼との未来を築くために設けたものだ。

それなのにこんな形で、彼の本音を聞くことになるなんて――。

(嘘(うそ)よ……そんなのいやよ……尊さん、嘘だって言って……! 私は離婚したくない!)

芽衣子は頭から冷や水を浴びせられたような気持ちで、その場に立ち尽くすのだった。

一話　夫婦なのに夫婦じゃない？

ピピピと目覚ましの音が鳴ると同時に、小野寺芽衣子の大きな目がぱちりと開いた。

上半身を起こし、ヘッドボード上の目覚まし時計に手を伸ばし音を止める。時刻は朝の七時ぴったりをさしていた。

夫と住む低層マンションは白金台（しろかねだい）にあり、駅から徒歩五分の、いちょう並木が美しい好立地の場所にある。

今日もいつもと変わらない。静かでいい朝だ。

「ふぁぁぁ……起きよ……」

芽衣子はもぞもぞとベッドから抜け出し、クローゼットからお尻まで隠れる薄手のニットカーディガンを取り出し袖を通す。

夏が終わり、十月を目前にして急激に夜が冷えるようになった。

寝具をタオルケットから薄手の羽根布団へと変えたばかりだが、寝起きはまだ少し肌寒く感じる。

「尊さんは……帰ってきたのかな」

夫である小野寺尊は昨日の深夜、出張先から戻ってくる予定だった。起きて待っていようと思ったのだが、深夜一時を過ぎたあたりで眠さに負けてベッドに潜り込んでしまったのだ。

ぼうっとした頭のまま、尊の寝ているはずのベッドに視線を向ける。

白を基調とした寝室には、ツイン用のベッドが一定の距離を保って並んでいた。家具はすべて白で統一しているが、壁紙は淡いベージュと白の水玉で、窓にかかっている遮光カーテンはブルーのギンガムチェックだ。いわゆるカントリー風のかわいらしい寝室で、かわいいものが好きな芽衣子の趣味でもある。

ちなみに芽衣子のベッドは部屋の奥の壁際で、ドアに近いほうが夫の尊のベッドだ。芽衣子は眠い目をこすりながら夫のベッドをじいっと見下ろしたが、かけ布団をめくっても、シーツに乱れがあるかどうかはよくわからなかった。

普段の夫は、博物館に展示されているファラオのミイラのように寝相がいいのだ。目が覚めたら、たまにベッドから落っこちそうになっているような自分とはまったく違う。とにかく寝ているときですらきっちりしている。

大雑把な自覚がある芽衣子からしたら、尊のそういうところもすごいなと思うし、素直に尊敬できる。

「うーん……わかんないな」

芽衣子ははぁ、とため息をつき、寝室のドアを開けて一階へと下りていく。

スリッパの音をパタパタと響かせながら階下へ向かうと、鼻先にふわりとコーヒーの香りが漂ってきた。

(あっ、尊さんがいる……!)

ダダダダ、と階段を下りてリビングに顔を出すと、夫である小野寺尊が、ソファーでコーヒーを飲みながら、タブレットで新聞を読んでいる姿が目に飛び込んできた。

(いやーっ、すっ……すっ……素敵すぎる~~!!!)

他人が見れば、芽衣子のくりくりした瞳がハートの形になっているのがわかるだろう。その場に崩れ落ちたくなる芽衣子だが、必死に足に力を込めて夫を熱い眼差しで見つめる。

ノリがきいた白いワイシャツにネイビーのベストを着た胸板は厚く、たくましい太ももを包み込んだスラックスを穿いた足は、優雅に組まれ、すらりと伸びている。

その均整の取れた体の上にのっているのは、怜悧な美貌だ。

まっすぐで意志の強そうな眉の下には、目じりが少し吊り上がった切れ長の目があり、形のいい鼻梁は細く高い。そして芽衣子が彼の顔立ちでなによりも好ましく思っている薄い唇は、ほんの少し口角が上がっていて、彼の冷徹でシャープな印象を和らげていた。

出勤前でまだ髪は整えていないのか、サラサラの黒髪はごく自然に額を覆っていて、いつもと雰囲気が違って見える。コーヒーカップを持つ左手の薬指には、銀色に輝くプラチナリングが嵌められていた。

半年前の結婚式で、お互いの指に嵌めた結婚指輪だ。老舗ジュエリーブランドで選んだ、シンプルだが質がいい品である。

（なんてカッコいいの、私の旦那様……。ベルベットみたいな黒猫……いや、背が高いし体も大きいから、猫じゃないかな。犬……ワンワンで言うならドーベルマン……！　ああっ、最高にかっこいい～！）

芽衣子の心臓は、はち切れそうなくらい鼓動を打っていた。

彼が同じ部屋にいなかったら「きゃー！」と叫びたいくらいだ。

「たっ、尊さん、おはようございますっ！」

芽衣子はドキドキしながら夫に声をかける。

海外出張の場合はたいていい二週間は帰ってこないので、朝から尊と会話ができるのは久しぶりだった。

尊は芽衣子の声に顔を上げ、中指でメタルフレームをくい、と押し上げると、タブレットをローテーブルの上に置いて立ち上がった。

そしてゆっくりと優雅に芽衣子の前にやってきて、右手を芽衣子の頭の上に乗せ、優しく撫で始める。

「芽衣子さん、おはよう」

尊が低い声で芽衣子の名を呼ぶ。

尊の声は落ち着いていて、聞き取りやすい。姿かたちだけでなく声までいい。腹の底に響くような美声だ。

そんな彼の大きな手で頭を撫でられていると、芽衣子は足元から崩れそうなくらい気持ちがよくなってしまう。

夫の手には魔法でもかけられているのではないだろうか。

そうやって芽衣子がふにゃふにゃうっとりしていると、ややして、芽衣子の柔らかい髪から尊の手が離れていく。

（ああ、もうちょっと撫でられたかった……）

名残惜しい気持ちでいると、

「君もコーヒーを飲む？」

尊が軽く目を細めて芽衣子の顔を覗き込んできた。その眼差しにハッとしながら、芽衣子はぶんぶんと首を振った。

「あっ、飲みますが、大丈夫です、自分でやりますから！」

遅くまで働いて帰ってきた夫の手を煩わせるなんてとんでもない。

芽衣子は慌ててキッチンへ向かおうとしたのだが、

「まだ起きたばかりだろう。注ぐだけだから」

尊は苦笑して、先にキッチンカウンターに設置されているコーヒーメーカーに手を伸ばした。

尊と住んでいるこのマンションは、五階建て低層マンションだが、周囲に太陽の光を妨げるような建物はない。日当たりは抜群だ。

リビングの窓にかかっているカーテンは開けられて、そこからあたたかな日の光が注ぎ込み、キッチンに立つ尊を淡く金色に照らす。

（画になる……！）

何気ない仕草で立っているだけなのに、朝から夫に見とれずにはいられない。

ガラスのポットの中にはコーヒーがまだたっぷりと残っていて、香ばしい匂いを漂わせていた。どうやら淹れたてらしい。夫も起きて間もないのかもしれない。

尊は芽衣子の熱視線に気づかないまま、ゆっくりと普段使っているピンクのマグカップにコーヒーを注いだあと、ふと思い出したように顔を上げて芽衣子に問いかけた。

「そういえばブラックは駄目じゃなかったか？」

「は……はい……」

確かに芽衣子は、ミルクとお砂糖をたっぷり入れたカフェオレでないと飲めない。猫舌な上にお子様舌だった。

こくりとうなずきながらも、芽衣子はじわじわと尊に詰め寄る。

「でっ、でも、私もそろそろブラックで飲んでみようかなって思いますっ。朝はやっぱりブラックコーヒーがいいって思ってたんですよね～！」

フンフンと鼻息を荒くしながら、芽衣子は尊に向かって手を伸ばした。

「そう……？」

尊は一瞬どうしようかと逡巡（しゅんじゅん）したようだが、妙に気合の入った妻の表情に押されたのか、

「熱いから気をつけて」

と、マグカップをカウンターの上に載せてくれた。

「ありがとうございます！」

力強く返事をした芽衣子はマグカップを手に取り、ふーふーと息を吹きかけながら、そうっと唇をつける。

（このコーヒーを飲み終わったら、言ってみよう……尊さんに聞いてみよう……！

どうして私にいつまで経っても、手を出してくれないんですかって……！）


その日の午後――。

「それで、どうなったの？」

「我慢してなんとか飲み干そうとしてたんだけど、すぐに尊さんが黙って牛乳とお砂糖入れてくれてね……」

通っている私立大学のカフェテリアで、なみなみ注がれたミルクティーのマグを見下ろしながら、芽衣子はテーブルの向かいの友人の問いかけに声を絞り出した。

「無理がバレてる！　てゆーか、なんでそんな飲めないブラックコーヒー飲もうと思っちゃったわけ？」

ゲラゲラと笑い転げる親友を前に、芽衣子は「……子供っぽいかと思って」と答え、口に出した己の発言の内容の幼さが情けなくなり、さらにしょぼくれてしまった。

（こういうのが子供っぽいんだよねぇ……反省しかない）

時刻はちょうど午後二時。ランチの時間が終わって席はまばらに埋まっているだけだ。座っているテラス席も、芽衣子と友人のふたりきりである。プライベートな話をしても聞いている人はいない。

そんな気安さもあり、芽衣子は今朝の悲しい出来事を友人に語って聞かせていた。

こんな赤裸々な夫婦事情を打ち明けられるのは、親友の『彼』だけだ。

「ふぅん……」

頬杖を突き、面白そうに芽衣子を見つめる青年の名前は、牧村朔太郎。通称サクちゃんという。

きれいにブリーチした髪のインナーをピンクとブルーの二色に染め、オーバーサイズのカットソーを重ね着し、ほっそりしたパンツにスニーカーを合わせている。美しく整えた指先のネイルは黒で、ルージュはやはりの赤だ。

いわゆるジェンダーレス男子とでもいうのだろうか。性別に囚われず、女性のようなファッションをしたりメイクを楽しんだりする、自分に似合うと信じているものをそのまま突き進んでいる、個性的な男の子だ。

実家はエステサロンを経営しており、家族全員が美に対する意識が高いのだとか。

とはいえ成績は非常に優秀で、六月に入って早々、大手化粧品会社から内々定をもぎ取り、とうに就職活動も終えている。

異性が苦手な芽衣子なのだが、朔太郎とは妙に馬が合った。

あれは芽衣子が四年生になってすぐの頃――。

『おなじ幼稚園のどんぐり組だった『めーちゃん』じゃない？　僕、朔太郎だよ。めーちゃんは僕のこと『サクちゃん』って呼んでくれてたんだけど、覚えてない？』

と大学構内で声をかけてきたのが、朔太郎だった。

（どんぐり組のサクちゃん……？　えっ⁉）

どこからどう見てもモード系の美少女なのに、出ている声は男のもので、一瞬脳みそがバグを起こしそうになった。

最初は怪しんだ芽衣子だが、ニコニコと無邪気に笑っている朔太郎の顔を見てふと思い出したのだ。

『えっ、サクちゃん⁉　あの、仲良くしてくれてたサクちゃん⁉』

幼稚園の頃からずっとぼんやりで、なにをするにも人よりワンテンポ遅れていた自分と、なぜか仲良くしてくれていた、とてもかわいい子がいた。

よく一緒に砂遊びやおままごとをしたことを、唐突に思い出したのだった。

（私はぼーっとしてたから、当時はサクちゃんのこと女の子だと思ってたけど……まさか男の子だったとはね）

それをきっかけに話をするようになり、朔太郎の人懐っこさも手伝って、まさに性別を超えた親友と呼べる存在になっていたのだった。

「でもさ、子供っぽいもなにも実際ひとまわり離れてるんだから、年の差はどうしようもなくない？」

朔太郎がすこし呆れたように首をかしげる。

「――年の差に関してはそうなんだけど」

芽衣子はうなずき、そうっとミルクティーに口をつけた。

芽衣子は現在二十一歳の大学四年生で、夫である尊は三十五歳になったばかりだ。クリスマス前には芽衣子も二十二歳になるが、それでもひとまわり以上年が離れている。年齢の差はいかんともしがたい。これ以上縮めようがない。

芽衣子はむぅと軽く唇を尖らせる。

「しかも子供の頃から知ってる仲なんだっけ？」

「知ってる仲っていうか……私は覚えてないけど、初めて会ったときって、私が三歳で尊さんが十六歳だったらしいわ」

当時の記憶はないが、両親が言うには『いつもはやんちゃで暴れん坊だった芽衣子が、尊を前にして、瞬時に借りてきた猫のようにおとなしくなった』という。

おそらく三つの芽衣子から見ても、当時の尊はカッコよかったのだろう。三歳児にだってイケメンは理解できる。

そして今も芽衣子は彼を最高にかっこよくて素敵な旦那様だと思っている。まさに三つ子の魂百までだ。

「ほんと、うまくいかないんだぁ……」

芽衣子ははぁぁぁぁと大きなため息をついて、カフェテラスのテーブルの上に腕を投げ出し、その上にぺたりと頬をくっつけていた。

そんな芽衣子を見て、朔太郎は長いまつ毛を瞬かせる。

「結局、今日も聞けなかったんだ？『どうして手を出してくれないんですか』って」

「うん……」

あれほど意気込んでいたのに、コーヒーを甘くしてもらわないと飲めない自分に打ちひしがれて、それどころではなくなってしまった。

そうこうしているうちに、尊はいつものようにさっさと仕事に行ってしまったのである。

「難儀なもんだね。夫婦なのに夫婦じゃないなんて」

朔太郎がふふふと笑いながら、ミルクティーが入ったマグカップに、黒く塗った指先をかける。そのきれいに整えられた指先をぼんやりと眺めながら、芽衣子はまたため息をついた。

(夫婦なのに夫婦じゃない……そうよね。変だよね)

小野寺尊と二十一歳で結婚してからはや半年。一緒に暮らしているのに、芽衣子はいまだに処女だった。

そう、妻なのに処女なのである。妻とは名ばかり、形ばかりだ。

「最初は大切にしてくれてるのかなって、思ってたのよ。結婚式の準備とか大変だったし」

芽衣子は指先をモジモジさせながら答える。

「めーちゃんは結婚するまでご両親と一緒に住んでいたわけだし、男と付き合ったこともない箱入りだったしね。ずっと女子校育ちだし、男友達も僕しかいないし、そう思うのも当然だと思うよ」

「でしょう?」

芽衣子はうなずき、目を伏せる。

「でも、気がついたら一週間が経ち、一か月が経ち……半年が経っていて……今に至るのよ」

いくらのんびりしている芽衣子でも、さすがにおかしいと気づく時間だ。

両親はのんきに『いつ孫の顔が見られるかな』なんてニコニコしているが、これが自分と尊の夫婦生活の真実だった。

「やっぱり尊さん、私のことまっっったく好きじゃないのかも……うちの両親に頼まれたから、断り切れずに……イヤイヤ結婚したのかもっ……！」

自分で言うとそうとしか思えず、余計に悲しくなってきた。

三月末に入籍してから約半年、極力そのことを考えないようにして生きてきたが、さすがにここまで手を出されないと『大事にされている』というのは難しい気がする。

自分が嫌われているとしか思えなくなってきた。

「断り切れずイヤイヤって……。いくらなんでも結婚はそんな簡単にできないと思うけど」

朔太郎はまさかと苦笑したが、笑い事ではない。

「でも尊さん、とても真面目な人だから……。断り切れなかったっていうのも、普通にありうるんだってば」

芽衣子と尊の結婚は恋愛結婚ではない。いわゆる両親の紹介で、尊からしたら断れない相手の娘を押しつけられたようなものなのだ。

芽衣子は尊の怜悧な横顔を思い出しながら、大きくため息をついた。

尊と芽衣子の縁は、今から約二十年前にさかのぼる。

四国に住んでいる芽衣子の両親は、数年前まで都内で小さな町工場を経営しており、尊の父親はそこで働く職人だった。

決して大きな工場ではなかったが、一流メーカーの部品なども手掛けており、経営は安定していたという。

だが約二十年前、突然、尊の父親に病気が見つかった。進行性の病気で、気がつけばもうすべてが手遅れだったらしい。

必死の看病の甲斐(かい)なく数か月で亡くなり、母を助けるために、尊が大学進学をあきらめようとしていると聞き、芽衣子の両親は援助を申し出たのだ。

尊のために社内で奨学金制度を立ち上げ、大学卒業まで援助し続けたのだとか。

その後、尊は優秀な成績で大学を卒業、外資系コンサルティング企業に入社し、海外勤務をこなし、出世街道を突き進んだ。

だが三十歳を目前に母親が死去したことで、突然会社を辞めてアメリカで海外コーディネーターとして起業したのだ。

海外コーディネーターは、海外で行われるテレビやCM撮影など、海外でのビジネスをサポートする。撮影がスムーズにできるようにすべての準備をし、ときには顧客の通訳も兼ねる。顧客を日本に招く際のコーディネートもやるらしく、顧客にはハリウッドスターもいるのだとか。

そうやってコーディネーターとして着実に成果を上げていたのだが、尊はその人脈を使って日本で貿易会社も立ち上げてしまった。彼はずっと世界中を飛び回り、いつ眠っているのかわからないくらいの仕事人間だった。

そしてほぼ同時に、芽衣子にも人生に大きな変化があった。

一年前、父が大病を患い入院したのだ。

幸い手術は成功し、退院後の生活にも特に問題は起こらなかった。だが父は、これを機に工場を手放すことを決めた。

いわゆるM&Aで、黒字経営での売却だったので売却先はすぐに見つかった。そして両親は母の故郷である愛媛に戻って、のんびりと過ごすことになったのだが、どういうつもりなのか、尊を芽衣子の結婚相手に選んでしまったのである。

あれは家族三人の夕食の団らん中――。

『芽衣子はまだ学生だから東京に住むのは当然だ。でも一人暮らしなんてとんでもないよ。あっ、そういえば尊君がいるじゃないか。彼と結婚したらいいんじゃないか？芽衣子はちょっとぼうっとしているし、尊君みたいな人が側にいてくれたら僕たちも安心だよ、ねえ母さん？　うんうん、それがいい、そうしよう！　あんないい男はふたりといないからね！』

『えっ？』

父の思いつきに芽衣子は度肝を抜かれた。尊と結婚だなんて、正直滅茶苦茶だと思った。

だが、母がお茶碗を持ったまま固まっている芽衣子を見て、

『私はいいなって思うけど、芽衣子はいや？』

と首をかしげたとき、

『いやじゃない！』

と即答してしまったのだ。

両親は芽衣子の返事を聞いてパーッと顔を明るくしたが、本当は芽衣子だって内心すごく嬉しかった。

ここ数年は年に一度顔を見るだけの人だったが、素敵な人だなと漠然と思っていた。

彼は年下の芽衣子にも丁寧に接してくれたし、常に紳士だ。偉ぶったところもなかったし、変に芽衣子を子供扱いすることもなかった。

『芽衣子さん、お久しぶりです。これ、よかったら』

尊は芽衣子に会うときは、気の利いたちょっとしたお土産を手渡してくれた。

海外の繊細な造りのガラス細工だったり、きれいな風景の絵葉書だったり――。

尊が自分のために考えて選んでくれたのだと思うと、芽衣子の胸はいつも信じられないくらい高鳴った。

尊は無口なたちで言葉数は多くなかったが、女子校育ちで異性に免疫がない芽衣子でも、気兼ねなく話せる人だった。

とはいえ、尊はあまりにも芽衣子には遠い存在だった。

頭もよく、仕事をバリバリとこなし、容姿も端整だというのにおごることなく、周囲の人にはいつも控えめな態度で接する彼を、悪く言う人などひとりもいなかった。

平凡でなんのとりえもない自分とは違いすぎて、だから彼と付き合いたいとか、結婚したいなんて大それたことを思ったことはなかったのだが、この結婚はなぜか尊に断られることもなく、とんとん拍子に進んでしまったのである。

（尊さん、本当に私と結婚する気なの？）

てっきりどこか適当な感じで断られるだろうと思っていた芽衣子をよそに、両親の希望と尊の仕事の状況を見て、四年生になる直前の春に挙式が決まってしまった。

芽衣子は都内のシックな私立大学に通いながらの学生結婚だ。

顔合わせから半年経たずして芽衣子は『小野寺芽衣子』となり、尊がひとり暮らしをしている白金台の超高級低層マンションに、一緒に住むことになったのだ。

この準備期間は本当に目が回るような忙しさで、心底大変だったのだが、それはそれで本当に夢のような時間だったと思う。

ずっと憧れていた人のお嫁さんになれるのだから。

美しいウエディングドレスも、隣に立つタキシード姿の尊も、なにもかもが『完璧』だと思った。

たったひとつ――結婚式が終わった日の初夜。

『今の僕たちにはこれで十分だろう』と、紳士的に額にキスをしてくれたのが、最後のキスだったことを除けば――。

カフェテリアに秋を感じさせる風が吹き抜ける。芽衣子の長い話を聞いて、いろいろ思うことがあったらしい。長いまつ毛にひっかかったピンクとブルーの前髪をかき分けながら、朔太郎が肩をすくめる。

「まぁ、仮に旦那さんがめーちゃんの両親に恩義を感じて結婚したんだとしてもさ、手を出さない理由がわかんないよね。なんでしないいんだろ。ぶっちゃけ男は、相手に好意なんかなくてもヤレるのにさ〜」

女の子みたいにかわいい顔をして、やれるとかやれないとか下品なことを言わないでほしい。

「いやっ、サクちゃんはそうかもしれないけどっ、そういうこと言わないでっ！」

両手で顔を覆いながら芽衣子はぎゅうっと目を閉じていた。

ちなみに朔太郎はものすごくモテるのだが、決まった彼女を作らない主義らしく、

『若いうちは遊ばないと損でしょ』

と言い、青春を謳歌している。

ちなみに彼曰く『めーちゃんはペット枠』らしい。朔太郎に女扱いしてほしいわけではないが、複雑ではある。

「えー、ひどい。俺をヤリチンみたいにぃ」

芽衣子の発言を聞いて、朔太郎がおどけた表情で肩をすくめる。

「……違うの？」

顔を覆った両手の指を開いて、恐る恐る問いかけると、

「違わないけど」

朔太郎がフフフと笑った。

猫のように大きな目がきゅうっと細められる。魅力的すぎて、まるで小悪魔だ。

「ほらやっぱりっ……！」

芽衣子はひぃぃぃと頬を引きつらせながら、のけぞった。

だが一方で、彼の言うことももっともだと思うのだ。

「サクちゃんはそう言うけど、好きじゃなくてもできるなら、どうして私には手を出してこないの？　私にぜんぜん色気ないから？　まったくそんな気が起きないってこと？　それはそれで結構キツイと思うのよ……！」

仮に子供の頃を知っているとしても、芽衣子はもう大学四年生だ。冬には二十二歳になるのだから、それなりに大人の女性と言っていいだろう。

しかも結婚までしたのだから、当然そういうことをしていいに決まっている。

なのに、ない。

結婚式が行われた教会で、触れたかどうかわからない程度の軽いキスをして、その

日の夜、ホテルで額にキスをしてもらったのが最後だった。

手を繋ぐどころか、ふたりきりでデートをしたこともない。

時々頭を撫でてもらって、うっとり大満足している自分が情けなくなった。

「今どき、少学生のカップルだってもう少し進んでると思わない……？」

苦悩する芽衣子を見て、朔太郎は肩をすくめる。

「僕は昔から、めーちゃんのことかわいいと思ってたんだけどねぇ。雰囲気はちんまりしてるかもしれないけど、パーツは整ってるし愛くるしい顔立ちしてるし。髪はすごいキューティクルで、さらさらまっすぐストレートだし、お肌はつやぴかだし。いつもかわいい格好してて、絵に描いたような純粋培養お嬢様って感じだし」

昔から――というのは幼稚園児の頃の話だろう。

美少年だった朔太郎と違い、自分はいたって平凡な容姿だ。幼い頃の写真を見ても、幼稚園児の頃と基本的に雰囲気は変わらないと思う。

「そうやって私のこと全面的にまるっと褒めてくれるの、サクちゃんと両親だけだよ」

虚しくなりながらも、芽衣子は上目遣いで朔太郎を見上げた。

「ほんとだって。あ、よく見たらばあちゃん家で飼ってたポメラニアンに似てるかも！」

「くっ……」

彼の言葉に、堂々と立ったドーベルマン風な尊の周りを、キャンキャン吠えながら走り回る自分が目に浮かんだ。

(想像がたやすい……!)

ポメラニアンはかわいいが、そういうのを望んでいるのではない。夫に『女としてかわいい、きれいだ』と思ってもらいたいのだ。

(でもまぁ、思ってるだけじゃどうしようもないわよね)

打ちひしがれる芽衣子だが、一方で彼に話して少しスッキリした。

芽衣子はぼんやりしているが、根が単純なせいかかわりと切り替えが早いのだ。

さっと顔を上げて凛々しい表情をつくる。

「ね、サクちゃん。今朝は聞けなかったけど、やっぱり聞く。来週から尊さん、また出張があるって言ってたし。今しかないと思って勇気を出してみる」

尊は出張が多く、ときには海外にも出向く。すれ違いが多いのは最初からわかっていたが、さすがにもう耐えきれそうにない。

「そうだね。あれこれ想像したって本当のことはわかんないしね」

朔太郎はパチンとウインクをして、

「骨なら拾ってやるから、当たって砕けろっ♥」

と、責任感のない発言を繰り出す。

面白がっているのが一目瞭然だ。

「もうっ、適当なこと言わないでくれる？」

とはいえ、笑って送り出してくれるのはそれだけで心強い。

だがどうすれば尊と、そういう話をする時間が持てるだろうか。

芽衣子はすっかりぬるくなったミルクティーを口元に運びながら、ムムム、と首をひねったのだった。


朔太郎と別れた芽衣子は、電車の中でスマホを取り出し尊にメッセージを送る。

『お仕事お疲れ様です。今晩はうちでお食事はできますか？　久しぶりに一緒に食事ができたらと思って』

あれから考えてみたが、いきなり『なぜ自分に手を出してくれないのか』と聞くのは、難易度が高い。

ではどうするか。

お互いにリラックスした状態で、なおかつ尊が逃げられない状況を作り、その中でやんわりと『自分たちが置かれている夫婦の関係』について、尋ねるのがいいのではないだろうか。

そこで芽衣子が考え出したのが『いい感じのムード満点なディナータイム』を設けることだった。

外食も考えたが人目も気になるし、尊は帰国したばかりなので、やはり自宅でゆっくり過ごせたほうがいいはずだ。

(私が勇気さえ持てば、きっと尊さんは応えてくれる、と思う……)

芽衣子は両親が結婚して十年以上経ってから生まれた待望のひとり娘で、それこそ目に入れても痛くないほど溺愛されて育ったが、猫っかわいがりされるだけでなく、ひととおりの家事はできるよう教育は受けている。

掃除も好きだし、料理だって、和洋中華なんでもござれだ。

尊があまり自宅にいないので、手料理を振る舞う機会がないのがネックだったが、今こそ得意分野を生かすときではないだろうか。

(やるぞ、やってやるぞ……!)

芽衣子はメラメラと闘志に燃える。

それから間もなくして、自宅最寄り駅に下りたタイミングで、尊から返事が届いた。

『二十時には帰れると思います。食事もいただきます。いつも遅くなってすみません』

相変わらず丁寧すぎるメッセージだが、それを見た芽衣子は「よしっ……」と片手でガッツポーズを作る。

（ごちそう作って、お酒も飲んで……ちょっと強引に迫って聞き出してやるっ……！）

ちなみに芽衣子は尊と結婚するまで男性と付き合ったことがないが、なりゆきによっては、こちらから迫る所存だ。

男性経験がほぼゼロの自分に、そんな真似(まね)ができるだろうか。

真面目に考えると不安しかないが、今の自分にやれることなどこれくらいしか思いつかない。

芽衣子は形だけでなく、尊と本当の意味で夫婦になりたいのだ。

（がんばるぞ！）

闘志を燃やしつつ持っていたスマホをバッグに仕舞い、そのまま意気揚々と近くの高級スーパーへと突撃する。

「さて、なに作ろうかなぁ……」

頭の中で様々なレシピを組み立て、持っていたかごに次々と食材を放り込んでいると、結婚したばかりの頃を自然と思い出す。

（そういえば、結婚したてのときはほぼ毎日、家に帰ってきてくれてたのよね……）

芽衣子の作る料理を一緒に食べたり、食後はリビングでくつろいで、おしゃべりな芽衣子の聞き役として話もしてくれていたはずだ。

だが日が経つにつれ、尊は出張が増えてふたりの時間はどんどん減っていった。

ここ一か月にいたっては、彼が自宅に帰ってくるのは月の半分程度ではないだろうか。

かといって尊が芽衣子に冷たかったことは一度もない。

仕事が立て込んですみませんと、いつも申し訳なさそうで、たまに早く帰ってくる日は、芽衣子の好きな菓子などを買ってきてくれたりする。

内心は寂しいと思っていても、尊に優しく声をかけられると、つい子供のようにはしゃいでしまい、不満一つ口に出せないままだった。

そんな自分は、尊からしたら幼い子供のように見えただろう。

（でも私は、尊さんが自分のことを考えてくれたんだって、それだけで嬉しかったから……）

だがもし彼が芽衣子と一緒にいることがいやで、仕事を増やし家に帰ってこないということになれば、自分はいったいどうしたらいいのだろう。

（別れる……？）

その可能性を考えてゾッと背筋が凍った。

（やだ、絶対にいやっ……！）

ぶんぶんと首を振りながら、手に持っていた牛ロース肉の固まりをかごに入れる。

目にじんわりと涙が浮かんだが、奥歯をぎゅうぎゅうとかんで我慢した。

彼に妻と思われていない可能性は想像しているが、まだ諦めたくはない。

芽衣子は尊のことを、ひとりの男性として思っているし、本当の夫婦になることを諦めたくなかったのだ。


たくさんの食材を抱えて自宅マンションに戻った芽衣子は、台所の鬼と化した。

尊がいないときの食事は一汁一菜の簡素なものだが、今日は違う。彼に褒められたい一心で腕をふるった。おそらく普段ののんびりした芽衣子を知っている両親が見たら、鬼気迫るものを感じたじろいだだろう。

（よしっ……！）

テーブルの上に並べた料理を見て、芽衣子は満足げに笑みを浮かべる。

尊はどちらかというと和食が好みなのは、結婚してから知った。なので今晩のメニューは、彩り豊かな手鞠寿司に、わさびソースを添えた和牛のカルパッチョ、ほたての茶碗蒸しに、汁物は白みそで仕立てた海老しんじょという豪華メニューだ。

尊が帰ってきたら、野菜のてんぷらを揚げたてで出すつもりで準備をしている。

(尊さん、喜んでくれるかな)

なにを食べてもおいしいと言ってくれる彼だが、やはりこれだけのごちそうなのだから褒められたかった。

ルンルンになりながら壁にかかっている時計をふと見ると、なんと七時半を回っている。

「やだっ……」

芽衣子は軽く悲鳴を上げてしまった。

「シャワー浴びて髪を洗って、メイクしなおさなきゃっ!」

料理は間に合ったが、肝心の自分の身支度がまだだ。

台所にいたので当然だが、体からおだしのいい匂いが漂っている。指先から剥いた海老の匂いもする。これで近寄ってくるのは猫くらいで、尊に迫るどころではない。

芽衣子は慌ててバスルームへと飛び込み、頭から熱いシャワーを浴びる。そしてめったに使わない、お気に入りの薔薇のシャンプーやボディーソープを使い、自分を磨き上げていく。

（ほら、もしかしたらもしかするってことも、あるかもしれないし……！）

脳内に、尊とのピンクな妄想が広がる。

『芽衣子さん……いいかな？』

『もちろんです、尊さん！』

『本当はずっとこうしたかったんだよ』

尊がメタルフレームの眼鏡を中指で押し上げながら、頬を傾ける。

『私もです……尊さん。大好きです……はやく私を奥さんにしてください』

そして夫婦の唇はそっと重なり合い――尊はそのまま芽衣子を抱き上げて、ベッドへと運んでいくのだ。

そしてふたりは身も心もひとつになる――。

「うきゃっ……！」

シャワーを浴びながら、どっぷりと妄想の世界に浸っていた芽衣子の唇から、子ザルのような黄色い悲鳴が漏れた。

（いやいや、あまり期待しすぎるのはあれだけど、想像するのはタダからね！）

にやける口元を押さえながら、芽衣子は心を落ち着かせようと何度も深呼吸を繰り返し、頬を引きしめる。

そんなこんなの妄想で余計な時間がかかったが、てきぱきと髪を乾かしブラッシングしたあと、着心地のいいコットンのロングワンピースを身にまとう。

鏡の前でくるりと回ると、裾が花開いたようにひらめいた。一見シンプルなベージュのロングワンピースだが、サイドにスリットが入っていて少しだけ大人っぽいのだ。

あくまでもルームウェアではあるが、芽衣子なりのおしゃれのつもりで、勝負服である。

(まぁ、基本的にはいつもの私だけど……悪くないよね)

あまり着飾りすぎると、尊に怪しまれてしまうかもしれない。

「よしっ!」

そして勢いよくバスルームを出たところで、芽衣子は真正面からいきなりなにかにぶち当たっていた。

「ひゃっ!」

「芽衣子さん!」

よろめく芽衣子の背中が即座に抱き寄せられる。転ばずに済んだが、顔を上げると目の前にスーツ姿の尊が立っていた。どうやらちょうど帰宅したところだったらしい。

「大丈夫？」

尊が中指で眼鏡を押し上げつつ、顔を近づけてくる。

レンズ越しに見える尊の長いまつ毛に見とれて、息が止まりそうになりながらも、芽衣子はぶんぶんと激しく首を振りうなずいた。

「だっ……大丈夫です。お帰りなさいっ……」

いきなり飛び出してきて体当たりする妻を見て、彼はどう思っただろう。

（やだ恥ずかしい……）

尊の前だと自分がいつも子供っぽく思えて仕方ない。

少女漫画もビックリな妄想をひとりで繰り広げていた自分がちょっと恥ずかしくもあったが、芽衣子はカーッと頬を染めながら、彼を見上げた。

背中を支えてくれる尊の手のひらの熱を、薄いワンピース越しに感じる。背中に心臓が移動したかのように、ドキドキして苦しくなる。

（このまま……抱きしめてくれたらいいのに）

そんなことを思う自分は、あまりにも不埒（ふらち）だろうか。

だがそんな芽衣子の願いも虚しく、

「――ああ、失礼」

尊はさっと手を離して、それからふいっと視線を逸らし目を伏せた。

「えっと、その……僕もシャワーを浴びても？」

「あ、もっ、勿論ですっ……。その間に野菜のてんぷらを揚げますので！」

ドキドキしたせいか、声が大きくなってしまった。

「天ぷらまであるのか。すごいごちそうだな、ありがとう。楽しみだ」

尊はふっと笑って、そして芽衣子と入れ違いにバスルームへと入っていった。

ぴしゃりとドアが閉まったのを確認して、

「はぁぁ、びっくりした……」

芽衣子は廊下の壁に寄りかかりながら、大きなため息をつく。

結婚して半年も経つのに、こんなことで一喜一憂している自分が恥ずかしい。

（メイクしたかったけど……まぁ、仕方ないか）

尊の手のひらの感触が引かない。

風呂上がりの素肌の頬を両手で押さえながら、芽衣子はすうはぁと大きく深呼吸を繰り返す。

相変わらず心臓はバクバクしているが、とりあえず今から待ちに待った夫婦の時間だ。気を抜いてはいられない。

それから間もなくして、シャワーを浴びた尊は、手触りのいい厚手のコットンのカットソーとパンツのルームウェアに着替えて姿を現した。

洗いざらしで前髪が下りているのと、眼鏡が家用のセルフレームのせいか、いつもよりさらに若く見える。

（すっ、素敵……かっこいい……うう、ほんとかっこいい……好き……大好き……！）

芽衣子は夫の姿に見とれてほわほわと頬を緩めながら、テーブルの上に茄子とカボチャとアスパラガスのてんぷらを並べる。

「ど、どうぞ！　つゆもありますが塩もおすすめですっ」

緊張して声が裏返ってしまった。

「本当にごちそうだな。いつもありがとう」

尊は穏やかに微笑み、それからいつも通りに落ち着いた様子で、テーブルに向かい合って座る。そんな彼に向かって、芽衣子はさらに用意していた日本酒を取り出してみせた。

「あの、これ、両親が送ってきたものなんです。すごくおいしいんですって。せっかくだから一緒に飲みませんか？」

「お義父さんとお義母さんが？　ああ、そうだな。せっかくだからいただこう」

素直にガラスの酒器を持ち上げる尊に微笑みかけながら、芽衣子はめらめらと心を燃やす。

（尊さんが酔ったところなんか見たことないけど……酔わせれば本音が聞けるかもしれないっ！）

芽衣子はとりあえず一生懸命表情を取り繕いながら、テーブルの上の料理を見ている夫の顔を見つめる。

緊張して動悸が激しいが、今日は引くつもりはなかった。

（絶対に理由を聞き出してやるんだ……！）

結婚して半年、どうして指一本触れてくれないのかと——。


「——だからぁ～……尊さんはぁ、どうしてそんなに、そんななんれすかぁ……」

「芽衣子さん」

「うぅ～……」

「はぁ……『そんなにそんな』とは、なんなんだ……わからない」

頭上から夫の困り果てたようなため息が聞こえる。

だが一方、芽衣子は幸せだった。

ゆらゆらと体が揺れて、気持ちがいい。

どういう流れでこうなったのかはあまり覚えていないが、今、芽衣子は尊にお姫様抱っこをしてもらっている。

（夢みたい……いや、もしかしたらほんとに夢を見てるのかも……）

芽衣子はへへへ、と笑いながら、ぎゅうぎゅうと尊の胸にしがみつく。

すうっと息を吸い込むと、ボディーソープと尊自身の匂いが絡み合って、脳髄（のうずい）に痺（しび）れるような快感をもたらす。

イイ男というのは香りまでかぐわしいらしい。

「いい匂い……」

このままずっと嗅いでいたい。一生こうしていたい。

ふにゃふにゃとつぶやきながら尊の肩口に顔をうずめると、

「こっ、こら、本当に嗅ぐんじゃないっ」

慌てたような声がして、次の瞬間には己の体は柔らかいベッドの上に横たえられていた。

身に覚えのあるシーツの感触だ。どうやら一階から二階の寝室に運ばれてしまったらしい。

「やだぁ……だっこ……」

尊とくっついていたい。

背中に回っていた尊の腕が離れるのを感じて、慌てて腕を伸ばし彼の首にしがみつくと、

「やだって……いい子だから、ほら離して」

尊はあくまでも優しく、芽衣子を引きはがそうとする。

「やっ……一緒に寝るんですっ……」

いい子でなんかいられない。

このままでは尊がどこかに行ってしまう。そんなことに耐えられなかった。

ジタバタする芽衣子を見て、

「ああっ、もう……わかった。わかったから」

尊は心底困ったような声になりつつも、芽衣子が横たわるベッドの隣に、乗り上げてきた。

ギシッとスプリングがきしむ音がして、体が沈む。

「これでいい？」

どうやら芽衣子の圧に根負けしたらしい。仕方なしといった雰囲気ではあるが、セミシングルのベッドの上に、向かい合って横になる。

「尊さん……」

うっすらと目を開けると、目の前に尊がいた。

眼鏡姿の彼は目の縁をうっすらと赤く染めて居心地悪そうではあるが、こちらをまっすぐに見つめている。ものすごく距離が近い。

考えてみれば同じベッドに横になるなんて、結婚して初めてのことだ。

「尊さん～……一緒に寝るの、初めてですねぇ～……」

嬉しすぎてへらへらと頬が緩む。

これは夢ではないだろうか。

「ふふふ……」

尊の鎖骨の下あたりに顔をうずめると、頬杖をついていた尊は一瞬ぴくっと体を震わせたが、もう芽衣子を振りほどいたりはしなかった。

もう一方の手で、いつものように優しく芽衣子の頭を撫でながらつぶやく。

「まったく……途中まではまったく酔ったそぶりがなかったのに、急にこうなるとはな……君は、本当にもう……困った人だ」

困ったと言いながら、その声は柔らかく優しかった。尊の指がすくい取った芽衣子の髪が、するすると零れ落ちていく。

（尊さんの手、優しい……気持ち、いい……）

まるで大好きな主人に撫でられる子犬のような気分になる。

こうなったらもうポメラニアンでもいい。彼に愛される存在なら、もうなんでもいい。ずっとこうしていたい。

（でもなにか、やらなくちゃいけないことがあったような……なかったような……いや、仮にあったとしても、どうでもいいや……こんな幸せな時間より大事なことなんて、ないんだもの……）

芽衣子はその指先に身を任せながら、うっとり意識を手放すのだった。

（うーん……寒い……）

肌寒さを感じて、芽衣子は隣にいるはずの尊のぬくもりを求めて手を伸ばす。

手のひらがシーツの上を滑り、ぱたりとそのまま落ちるのに気がついて、芽衣子は瞼を持ち上げ、あたりを見回した。

尊の姿がない。

寝室は真っ暗だが、少しだけドアが開いて階下からの灯りが見える。

「あれ……？」

体を起こして時計を見ると、時計の針は十一時を回っていた。

尊と楽しい夕食の時間を過ごしていたはずなのに、なぜひとりでベッドに眠っているのだろう。

芽衣子はぼうっとしつつ思考を巡らせ、ハッと我に返る。

詳細はうろ覚えだが、自分が酔っぱらって尊に抱きつき、ベタベタした記憶がふんわりと蘇ってきた。

「やだ、どうしようっ！」

数時間前、尊を酔わせて口を軽くしようと思ったのはいいが、ついつい芽衣子自身もお酒が進んで、完全に酔っぱらってしまったようだ。

芽衣子自身、アルコールにそこそこ強いという自信があり、ワインならフルボトル一本は顔色を変えず余裕であけられる。

だがある程度のラインを超えると、とたんに絡み酒になってしまうのだ。

そうならないように普段から気をつけていたが、尊との久しぶりの食事でテンションが上がってしまったのだろう。

思わずふかふかの羽根枕を抱えて、

「うわあああ～！」

と叫んだが、後の祭りだ。

今こそ夢であってほしいと願ったことはないが、残念ながらベッドまで運んでくれたのは尊だし『一緒に寝るんだ』と騒いだ記憶もある。

（尊さんに肝心なことを聞かずに、ただただウザ絡みしただけってこと……？）

一気に酔いがさめた芽衣子は、大きく深呼吸をしてベッドから下りる。

「恥ずかしいけど謝らなきゃ……」

謝るなら早いほうがいい。

尊は階下だろうか。

ドアを開けて周囲を見回すと、同じ二階の彼の書斎のドアの隙間から、薄く灯りが漏れているのが見えた。

二階には夫婦の寝室以外にも、尊の書斎と芽衣子の私室がある。どうやら彼は書斎にいるらしい。

（お仕事してるのかな？）

休みがあっても、尊はほぼ一日中書斎にこもって仕事をしている仕事人間だ。寝る前に働いていてもおかしなことはない。

（邪魔はしたくないけど、今日のことは今日中に謝っておきたい……）

酔っぱらって自分をベッドまで運ばせたこと、一緒に寝るんだと駄々をこねて尊を困らせたこと――。

正直言って恥ずかしくてたまらない。穴があったら入りたいくらいだ。

これで嫌われたらどうしよう、と不安になるが尊は大人だ。このくらいのミスは笑って許してくれるに違いない。

（っていうか、私がそう思いたいだけなんだけど）

芽衣子は落ち込みながら、書斎のドアの前に立つ。そして勇気を振り絞り、ノックしようと手を伸ばしたのだが、

「――俺はもう耐えられないんだっ！」

ドアの内側から普段聞いたことのないような尊の声がして、ノックの手は完全に止まってしまった。

（え……？）

一瞬テレビの音かと思ったが、書斎にテレビはない。

それに尊はいつも自分のことを『僕』と言う。

『俺』と言っている時点でおかしいが、だが間違いなく尊の声だ。

（どうしたんだろう？）

芽衣子は息を押し殺しながら、ドアに耳を近づける。するとドアの内側から、焦った尊の声が聞こえてきた。

「ああ、そうだ……。いや、冗談で言ってるんじゃない。俺は本気だ、登坂、お前だってわかるだろ？　俺だって一応、男なんだぞ！」

電話の相手らしい『登坂』という名前には聞き覚えがある。

身内や親しい人だけで行った結婚式で、新郎側の招待客だった人物だ。大学からの友人で、尊から『親友と呼べる男』だと紹介された気がする。

（登坂さんと電話で話してる……？）

電話を盗み聞きするなんていけないことだとわかっているが、尋常でない様子が気になった。

芽衣子はそのままドアの内側の会話に、耳を澄ませ意識を集中させる。

「正直言って、俺はもう我慢の限界なんだ。こんな結婚生活いつまでも続けられない……終わりにしたい。彼女の卒業式がタイムリミットだ」

尊の苦悩に満ちた声は、迷いながらも決意に満ちていた。

（え……？）

それは尊が自分との結婚生活をやめたいと思っているという、一番聞きたくない言葉だった。

普段は物静かで無口なたちの尊が、あれほど饒舌に語っている。

それはまさに嘘偽りない、正直な彼の心の叫びなのだろう。

「――」

頭の中で、ドクドクと全身に血が流れる音が響いている。

芽衣子はすうっと息をのみ、ゆっくりとドアから離れていた。

なにかの間違いではないかと思いたくて、何度か呼吸を繰り返す。

夢なら覚めてと願ったが、それは現実だった。

つい先ほどまで尊への恋心で浮かれていた体が、一気に冷えていくのを感じる。

（嘘よ……そんなのいやよ……尊さん、嘘だって言って……！　私は離婚したくない！）

女として見られていなくても、いつか寄り添える日が来ると思っていた。

今日、必死で準備したふたりの時間だって、彼との未来を築くために設けたものだ。

それなのにこんな形で、彼の本音を聞くことになるなんて。

本当はドアを開けて、尊にしがみついて叫びたかった。

いやだ、別れたくないと声を上げたかった。

だが芽衣子の体は凍りついたように固まり、どうにもならなかったのだった。


翌朝、時計の針が八時を少し過ぎた頃、いつもより時間をかけて身支度を整えリビングに下りると、珍しく尊の姿があった。

「おはよう、芽衣子さん」

彼はいつものビジネスモードで、タブレットで新聞を読んでいた。

リビングのローテーブルにはコーヒーカップが置かれているが、湯気は立っておらず冷めているように見える。

いつもなら八時には家を出てしまうのだが、今日はずいぶんゆっくりらしい。

長い足を優雅に組んだスーツ姿の尊は、今日も素晴らしくかっこよかったが、昨日のようにはしゃげるような気分はゼロ、むしろマイナスだった。

（普段通りにしなきゃ。変だって思われないようにしなきゃ……）

芽衣子はそう自分に言い聞かせながら、尊におそるおそる声をかける。

「おはようございます、尊さん……その、昨日は酔っぱらってしまって、ごめんなさい。後片付けも全部してくださったんですね」

テーブルやキッチンはいつも通りきれいだった。

食器を洗った記憶がないので、尊がすべて片付けてくれたのだろう。申し訳ないやらなんやらでうつむくと、彼は笑ってキッチンへと向かう。

「食器洗浄機が洗ってくれるから、僕は大したことはしていない。それよりカフェオレは飲むかな。今日は最初からたっぷりの砂糖とミルク入りだ」

そう言う尊はいつものように優しく微笑んでいた。

「……はい」

正直言うとそれほど飲みたい気分ではなかったが、わざわざ甘いカフェオレを作ってくれるという、彼の厚意を無視したくない。

(尊さんがくれるものだったら、私はなんでも嬉しいんだもん)

こくりとうなずいてリビングのソファーに座ると、尊が手際よくカフェオレを作って芽衣子のもとにやってくる。

「ありがとうございます」

芽衣子は小さく頭を下げ、ローテーブルの上に置かれた木製の小さなトレイに手を伸ばし、大きめのカフェオレマグにそうっと口をつけた。

ひと口飲むと、じんわりと体が温まっていく。尊が淹れてくれたカフェオレだ。いつもなら内心嬉しくて飛び跳ねているはずだが、昨晩のことを引きずって、とてもそんな気にはなれない。

そんな芽衣子の様子が伝わったのだろう。

「なんだか元気がないが、ここ数日で少し寒くなったせいかな」

尊は芽衣子の隣に座り、それから少し上半身をかがめて、芽衣子の顔を覗き込んできた。

「あまり顔色がよくない気がする」

「えっ……そうですか？　元気ですよ」

芽衣子はへらっと笑って目を伏せたが、尊は一層顔を近づけてくる。

基本的に適切な距離を保つ人なのに、なんだか今日の尊はいつもと違う気がした。

（尊さん、近いです……！）

ドギマギしていると、彼は芽衣子の頬に、指の背を滑らせながら少し不思議そうにささやいた。

「これは……？」

「っ……！」

頬を滑る指の感触と、吐息が触れそうな距離に、芽衣子の心臓が跳ねる。

どうやら涙の痕が残っていたらしい。

「そっ、それはその、怖い夢見ちゃって……っ！」

慌てて尊から視線を逸らす。

我ながら子供っぽい嘘をついたものだと思う。だがほかに思いつかなかった。

昨晩、尊が親友の登坂との電話で、自分と離婚を考えていることを知った芽衣子は、結局尊を問い詰めることもできず、ベッドで泣いていたのだ。

尊が寝室に戻ってきたときには泣き疲れていて、涙も止まっていた。

毛布にぐるぐるにくるまっていたので、彼には気づかれずに済んだのはよかったのだが――。

「む、そうなのか……」

尊は何度か長いまつ毛を瞬かせたあと、また優しくぽんぽんと芽衣子の頭を撫でる。

「そうだ。今晩ケーキを買って帰ろうか。ほら以前、好きだと言っていた店があっただろう。芽衣子さんの好きな、季節の果物がたくさんのったタルトだ」

こちらを見つめる尊は、とても優しい目をしていた。普段はあまり喜怒哀楽を表に出す人ではないが、その切れ長の目は、ときに口ほどに物を言う。

尊は本当にいい人だ。結婚生活を維持するのが苦痛な妻相手でも、ケーキを買って帰ろうと言ってくれる優しい人なのだ。

だが今はその優しさが切なくて苦しい。

（ああ……好きだな……どうしてこんなに好きなんだろう）

離婚したいと言われたはずなのに、自分は相変わらず彼のことを好きだと思ってしまう。

離れたくない。側にいたい。一日でも長く一緒にいたい。

彼への思いを再認識して芽衣子は切なくなった。

「ありがとう、ございます。タルト好きなので、嬉しいです」

芽衣子は必死に泣きたい気持ちを押し殺しながら、ふにゃっと笑う。

それを見て尊も少しだけほっとしたように表情を緩めた。

「じゃあ僕は仕事に行くから」

「はい、行ってらっしゃい。気をつけて」

芽衣子の言葉に無言でうなずいた尊は、スーツの上着とブリーフケースを持ってすたすたと玄関へと向かっていった。

「……あ」

その後ろ姿になにか声をかけたくて、でも言葉が出てこない。意気地なしな自分に胸がチクッと痛くなる。

彼が友人に話していたことは本当なのだろうか。

自分と離婚したくてたまらないのだろうか。

そうとしか聞こえなかったが、事実を確認する勇気が出てこない。

今ここでそれを尋ねたら、今のこの穏やかな時間ですら即、終わりになってしまう気がした。

（尊さん……）

芽衣子の胸がぎゅうぎゅうと締めつけられる。

彼の広い背中を見送りながら、芽衣子は唇をかみしめることしかできない。

「――」

結局、芽衣子は尊になにも言えないまま、彼が淹れてくれた温かく甘いカフェオレと一緒にリビングに取り残されてしまったのだった。

大学四年ともなれば大学に行くのはゼミくらいで、就職活動すらしていない芽衣子はわりと暇だった。

だから、というわけではないのだが、芽衣子はひとりで尊の両親が眠る菩提寺(ぼだいじ)にやってきていた。

お寺の近くにあるフラワーショップで花を買い、本堂でお坊様に挨拶をしたあと、お墓に行き、軽く掃除をしてから手を合わせる。

「おじさま、おばさま、こんにちは」

お墓に向かって声をかけると、なんだか本当に聞いてもらえる気がして、ほっこりした気分になる。

ちなみに芽衣子は数週間に一度はやってきて、お参りをしている。

尊は仕事が忙しいので、彼の妻である自分の役目だろうと思っていたのだが、気がつけばこれも芽衣子にとって楽しい時間になっていた。

「尊さんは元気ですよ。お仕事も順調みたいで……。ただ、働きすぎだから少しお体が心配なんですよね」

芽衣子はそうつぶやきながら、ショートブーツのつま先を見下ろすようにうつむく。

「でも、それって私のせいかもしれないんです。私と会いたくないから……仕事ばっかりしてるのかも……って」

自分で言うと悲しくなるが、可能性としてありうることだった。

大学を卒業して入った会社ですぐに海外勤務になった尊は、芽衣子の両親が言うにはかなりのエリートコースだったらしい。それほど周囲からの期待を一身に背負っていたのに、あっけなく仕事を辞めて起業してしまった。

母親の死がきっかけだったわけだが、海外コーディネーターも貿易会社も、すぐ軌道に乗ったのだとか。仕事はずっと順風満帆だ。

やはり彼はなにをしても成功する人なのだろうと感心する一方で、彼の人生に自分は必要ないのではないか、とも思ってしまう。

尊は結婚生活に意味を見出(みいだ)していない。

それどころか『苦痛』に感じている。

「私……尊さんのために、別れたほうがいいんですかね……?」

改めて口に出すと、胸に突き刺さるような痛みが走る。

結婚生活がうまくいかず、結婚してたった半年で『離婚したい』と思われたわけではない。

そうだったら、自分の努力でなんとかなったかもしれない。

まだ希望があると思う。

だが初夜から抱かなかった尊は、最初から芽衣子と別れることを考えていたのだ。

尊の中で『離婚』は決定事項なのである。

（私が誰とも付き合ったことがないって、両親から聞かされていたみたいだし……）

二十歳を超えて処女だなんて、重いと思われたのかもしれない。

万が一手を出して、離婚後につきまとわれたら面倒だと――。

状況を考えると、今さら芽衣子が努力をしたからといって、彼の気持ちが覆るとは思えなかった。

でもその一方で、芽衣子の乙女心が叫ぶのだ。

別れたくなんかない、愛されていなくても、彼の側にいたい――と。

けれど彼を愛しているなら、彼のことを思い、自由にしてあげないといけないのだろうか。

愛しているから身を引くべきなのだろうか。

「おじさま、おばさま……私、どうしたらいいんでしょうか」

芽衣子のつぶやきが秋風にのって遠くへと運ばれていく。

煽（あお）られる髪を押さえながら、芽衣子は唇を引きしめるのであった。

「――って考えてたけど、やだっ……ぜえええええったい、別れたくないっ……！」

ゼミが終わり、朔太郎といつもの構内カフェテリアに来た芽衣子は、眉間に深いしわを刻んだまま、うめき声を上げた。

「顔こわ……」

レモネードを飲んでいた朔太郎が、足元に設置してあるかごから赤と緑のチェック柄のブランケットを取り出し、芽衣子のロングスカートの膝にかける。

「ほら、あったかくして。急に寒くなったし、女の子は体を冷やしていいことなんてないでしょ」

「うぅ……お気遣いありがとう、サクちゃん……」

芽衣子はブランケットを引き寄せつつ、丸テーブルの斜め前に座った朔太郎を見つめる。

彼はブラウン系のアイシャドウを塗った大きな目で芽衣子を見つめ返し、

「だってほら、僕ってほんと気が利く男だから」

といたずらっ子のように笑った。

彼のモデルのように美しい笑顔を見ると、少しホッとする。おそらく軽く聞いてくれる朔太郎のスタンスに、助けられているのだろう。

「ふふっ、そうだね。サクちゃんは本当によく人を見てるよね。私のことも助けてくれたし」

「どゆこと?」

朔太郎が一瞬、放心した顔になる。

「ほら、サクちゃんが初めて声をかけてくれたのって、私がいつもひとりでお昼食べてるの見て『一緒に食べよう』って言ってくれたときでしょ」

あれは四年生の春、結婚して間もなくの頃だった。

ゼミを終えたあと、なにを食べようかとフラフラしていたら、朔太郎に『お昼一緒に食べない? っていうか、どんぐり組のめーちゃんじゃない?』と声をかけられたのだ。

「ああ……」

芽衣子の発言を聞いて、思い出したのか、朔太郎は少し面白そうに目を細める。

芽衣子が通っていたシックな女子高は、ほとんどがエスカレーター式にそのまま付属の女子大に進学する。だが芽衣子は外部進学で、友人が誰ひとり通っていない大学に入学した。

最初はなんとか友人を作ろうと思ったのだが、生来の人見知りが大爆発してしまい、ほぼ三年間、なんでも話せるような親しい友人は、できないままだった。

『一緒にごはんを食べよう』と、他人から声をかけられたのは初めてだった。

「私、人見知りだし、サークルにも入ってないし、アルバイトもしてないし、ほんと仲のいい友達できなくて……。っていうか、みんな普通は入学前に、SNSで繋がって友達になるんだって聞いて、衝撃受けたし……。気づいたときにはもう仲良しグループができあがってたから、自分から声もかけられなくて。そんなこんなで気がつけば四年生で、就職活動もしてないから余計浮いてる感じもあって……。両親は大学で知り合って結婚したっていうのに、私は本当に仲のいい友達ひとりできないまま、卒業するんだろうなぁって……」

改めて考えてみると、自分のぽんこつぶりが、ちょっと恥ずかしくなる。

「サクちゃんがいてくれて本当によかった。ありがとうね、いつも話を聞いてくれて。私に声をかけてくれて本当にありがとう」

ひとりがいやなわけではないのだが、やはり話し相手がいるというのはいいものだ。

「お、おう……」

芽衣子の突然の感謝の言葉に、朔太郎は少しだけ目の縁を赤くして、ルージュを塗った唇を尖らせる。

「それはあれだよ……なんかめーちゃん、ほわほわしてたから」

「ほわほわ……」

「たんぽぽの綿毛っぽいなって」

「綿毛……？」

それは果たして褒め言葉なのだろうか。

芽衣子が軽く首をかしげると、

「まぁ、僕の周りにはちょっといないタイプだったし、なんか癒やし系だなって思って話してみたかったんだよ。んで話しかけてみたら、どんぐり組のめーちゃんのことを唐突に思い出したんだけどね」

と早口で言い、それからちょっと誤魔化すように、むにゅっと芽衣子の頬を指でつまむ。

「いてて。痛いよ、サクちゃん……」

芽衣子がふにゃりと顔をしかめると、それを見て朔太郎がほっとしたように笑った。

「――さて、話を本題に戻そうか」

「あ、うん。そうだね……」

朔太郎につままれた頬を撫でながらうなずく。

彼のおかげで一瞬、ほんわかしたがそれどころではない。朔太郎とこのカフェで話したのは先週のことだが、あれから状況はさらに変わってしまった。もはや一刻の猶予もない状況だ。

芽衣子は朔太郎の言葉に表情を引きしめる。

「で、めーちゃんはどうするつもり？　いくら別れたくないって言っても向こうは卒業したら別れるつもりなんでしょ？」

「そうなの。とりあえず私の卒業がタイムリミットだって言ってたから」

離婚を言い渡されるのは半年後、時間の問題ということになる。

芽衣子は手元のココアをひと口だけ飲んで、それからぎゅうっと両手でマグカップを包み込む。

「でね、ものすごくショックだったけど、この件でひとつわかったことがあるの」

「というと？」

「尊さんが私に手を出さない理由よ」

「理由って」

芽衣子の発言に、朔太郎は少しだけ考え込んで、それからなにかに気づいたように、ハッと目を見開いた。

「あ、なるほどねぇ……別れる前提だったから、手を出さなかったと」

「そうっ！　そうなのっ……！　別れるから、しなかったのよ……！」

芽衣子はぶんぶんとうなずきながら、その後、しおれるように背中を丸めた。

なかなか進展しない状況に『もしかして大事にされているのかな？』なんて思い違いをしていた自分に心底腹が立つが、理由がはっきりしたのはよかった。

芽衣子は基本的に打たれ強いし、根が楽観的なのだ。

ある意味しぶといし諦めが悪い。

「でね、サクちゃん。私考えたの。これは逆にチャンスなのではないかと」

「それって」

朔太郎がちょっと怪訝そうな表情になった。

勘の鋭い彼のことだ。予想がついているのかもしれない。

芽衣子はことさらキリッと表情を引きしめ、テーブルの向こうの朔太郎に声を潜めながらささやいた。

「手を出してしまえば、もう離婚できないって思うんじゃないかしら！」

「……」

朔太郎が、力の入った芽衣子の言葉に一瞬無言になる。

だが芽衣子はいたって真剣だった。

「真面目な尊さんに、責任を取らせるのよ。やっちゃったんだから、これは別れられないって思ってもらうの」

我ながらひどいことを言っている自覚はある。尊を愛しているのなら、彼のためを思って離婚を受け入れたほうがいいに決まっている。

だが芽衣子はいやだった。別れたくない。このまま卒業を待って離婚などもってのほかだ。やれることはなんでもやりたかった。

笑いたければ笑うがいい。恋する妻は強いのだ。

「ふむ。悪いこと考えてるねぇ……でもまぁ、面白いじゃん」

朔太郎が呆れたような言葉を口にしながらも、同時にふふふ、と頬を緩める。

「面白がらないでよ、私は真剣なんだよ。でね、サクちゃんにも助けてほしいの」

「僕の助け？」

朔太郎がきょとんと首をかしげる。

「勘のいいサクちゃんならわかると思うけど」

芽衣子はマグカップから手を離すと、そのまま朔太郎の美しいネイルが施された手をガシッと取り、引き寄せる。

「尊さんを誘惑できるくらい、私を変身させてほしいのっ！」

「えっ」

誘惑という、芽衣子とは対極にありそうな単語を聞いて、彼が驚いたように目をまん丸に見開いた。

「じょう、だんだよね……？」

「冗談じゃありません。マジです」

そう、芽衣子は真剣だった。

朔太郎は就職先が大手化粧品会社で、自身も美少女と見まがうばかりの美青年で、なおかつおしゃれでメイクもうまい。実家が美を追求するエステサロンということを抜きにしても、センスの塊なのである。

なんとなく保守的な格好ばかりしていた自分には改革が必要だ。今は彼の手を借りるしか方法は見つからなかった。

「お願い、サクちゃんっ！　私をすっごいいい女にして！」

ゴゴゴゴゴ、といわんばかりの迫力で、芽衣子は朔太郎をまっすぐに見つめる。

「ふむ……」

呆(ほう)けていた朔太郎は芽衣子の真剣な表情に、真顔になって数秒考え込んだあと、

「わかった。その話、乗ってあげる」

ニヤーッと悪い笑みを浮かべ、前のめりぎみで芽衣子に顔を近づけた。

「いいよ、僕がめーちゃんをとびっきりの美女にしてやんよ」

「サッ、サクちゃ～んっ……！」

芽衣子はパーッと表情を輝かせ、全身が歓喜に包まれる。

きっと周囲からは、芽衣子の周りで見えないなにかが、ぼうぼうと燃えているのが感じ取れたのではないだろうか。

「お願いしますっ！」

芽衣子と朔太郎は改めて友情を確かめ合うようにガシッと握手をしたあと、手帳を広げ、額を突き合わせながら、夫を誘惑する作戦をコソコソと練り始めるのだった。

二話　いざ、夫を誘惑いたします

都内某所――。外資系ラグジュアリーホテルの二十九階にある通称スカイバーで、小野寺尊はよく冷えたギムレットで、喉を潤していた。

時計の針は夜の九時を回っている。

数日前から、尊はハリウッドスターのＣＭ撮影で、コーディネーターとして現場入りしていた。

現状、コーディネーターの仕事は尊にとって副業になっていたのだが、どうしてもと頼まれて、仕事を受けたのだ。以前アメリカで一緒に仕事をしたことを覚えていて、今回の撮影に関するすべてのコーディネートを尊に任せるというオーダーだった。

ＣＭ一本で億単位のギャラを手にする彼らを満足させるのは大変だが、当然実入りが多いしやりがいもある。断る理由はない。

そして今日、撮影自体は無事滞りなく終了したが、なにかあったときのため俳優と同じホテルに滞在している。

ちなみについ先ほどまで、スイートルームに滞在している彼に付き合い、ぶっ通しでアルコールに付き合わされていた。

尊はそこそこ飲める口だが、仕事だとまったく酔えなくなる。三十分前にようやく解放されて、少し昂（たかぶ）った気持ちを落ち着けるために、改めてひとりで飲みに来たというわけだ。

（芽衣子さんはなにをしているかな）

平日の夜のバーは比較的静かだった。

尊は胸元からスマホを取り出して液晶画面を見つめる。スマホには三十分ほど前に芽衣子からメッセージが届いていた。

『もうお仕事は終わったんですか？』

『終わったよ。今からひとりでバーで飲むつもりだ』

『お疲れ様でした。リフレッシュしてくださいね』

そのあとに添えられた、ぴょこぴょこと跳ねる羊のスタンプを見ていると、脳内でモコモコふわふわな芽衣子の姿を想像してしまう。

（芽衣子さんは子犬っぽいがな）

尊はふっと笑って、また改めて追加のメッセージを送ろうと指を動かしたのだが、

『とてもいいホテルだ。いつか一緒に――』

と打ちかけて、慌ててそれを削除した。

(なにをやっているんだ、俺は……芽衣子さんとここで過ごすなんて、ありえないことなのに)

自嘲しつつスマホをスーツの内ポケットに仕舞い込み、二杯目のギムレットをオーダーする。

「マスター、もう一杯同じものを」

「畏(かしこ)まりました」

話し相手はカウンターの中にいる老バーテンダーだけだったが、ぽつぽつと会話をしながら上等なカクテルを飲んでいると、気分が落ち着く。

(いつか一緒に、なんて……俺らしくなかったな)

もしかしたら疲れているのだろうか。

『尊さんは一見、顔は怖いけど案外人好きだもんなぁ』というのは、友人の登坂の発言だったが、尊は自分が人好きだとは思っていなかった。

今でも連絡を取るほど親しい友人は登坂含めて数人だし、過去の恋人にいたっては、顔も覚えていない。

(俺はむしろ、薄情な人間だと思うがな)

グラスの中の淡緑色を眺めながら、尊はため息をつく。

人に話せるほどの趣味も特にない。あえて言うなら、仕事が趣味のつまらない男だと自覚している。

(明日、彼がプライベートジェットで帰国するのを見送ったら、横浜のほうに顔を出すか)

横浜には尊が数年前に立ち上げた貿易会社がある。

海外メーカーと独占販売契約を結んだ、キッチン用品や生活雑貨の輸入販売がメイン業務なのだが、去年SNSでバズった商品が売れに売れて、国内の大手量販店や百貨店から次々と注文が入り、最近ネット販売も開始した影響で、まったく休む暇がない状況だ。

当初は事務員含めて五人だったのが、今年、結婚前に事務所を横浜に移転してからは、二十人ほどの社員を抱えるようになった。

業績は右肩上がりだし、来年はもっと販路を拡大できるだろう。

(展示会の準備も詰めておかないと……)

大学卒業の一年ほど前から、こつこつ貯めたアルバイト代を元手に投資を始め、自分にはそれなりに金を稼ぐ才能があるとわかった。

母親に余計な心配をかけたくないのでとりあえず大企業に入社したが、独立して起業することはずっと考えていた。

とにかく仕事はうまくいっている。やればやるほど成果としてかえってくる手ごたえがある。自分の思い描いた通りにことが進むというのは、気分がいいものだ。

だがプライベートはどうだろう。

とても狙い通りになっているとは思えない。

「あれはまずかったな……」

尊は思わず泣き言のようにつぶやき、頬杖をついていた。

脳裏に先日の二十一歳の妻の顔がふわふわと浮かんできて、なんだかくすぐったいような気持ちになる。

先週の芽衣子は、いつもと違った。

ごちそうを作って尊の帰りを待ってくれていたのは嬉しかったが、いつも控えめにおしゃべりする彼女が、珍しくよくしゃべるなと微笑ましく眺めていたところで、いきなり立ち上がって、尊に抱きついてきたのだ。

『尊さんっ……！』

『わあ！』

思わずみっともなく『わあ』と叫んでしまったが、許してほしい。心底動揺してしまった結果だ。

芽衣子から抱きついてくるなんて、結婚して初めてのことだった。

ぎゅうぎゅうと抱きつく妻は、尊には刺激が強すぎる。

慌ててソファーに座らせて、水を飲ませようとしたのだが、『抱っこしてくれなきゃ飲みません』と言い出して、また困り果てた。

仕方なく膝の上に乗せてコップ一杯の水を飲ませたのだが、なんと『尊さん、あったかい……ねむい……』と、尊の胸に顔を押しつけて、ウトウトし始めてしまったのだ。

（赤ちゃんか？）

戸惑いながらも、ベッドで寝かせたほうがいいだろうと彼女を抱き上げて寝室に運んだのだが、ここでも『一緒に寝る』と騒いで神経が焼き切れそうになった。

それでも彼女の求めに応じてベッドに横になったが、我慢の限界だった。

心の中で円周率をつぶやき般若心経（はんにゃしんぎょう）を唱え、今までで最悪だった顧客のクレームや事後処理に駆けずり回ったことなどの辛（つら）い思い出を死ぬほど反芻（はんすう）し、精神の統一をはかった。

その後、彼女がしっかりと寝付いたのを確認後、ベッドから抜け出したところで、悪友である登坂から連絡があり、ついぶちまけてしまったのだ。

『もう我慢の限界だ！』と——。

久しぶりに連絡してきた友人に向かって、結婚生活の愚痴を吐くなど、我ながら大人げなかったとは思う。

（だが、ああしないと爆発しそうだったんだ……）

尊はこめかみのあたりを指でぎゅうぎゅうと押さえながら、芽衣子のことを考えていた。

彼女は今どき珍しいくらい純真で真面目な女性だ。

結婚して半年、不在がちな尊に文句ひとつも言わず、たまの休みにはいつもおいしい料理を作って振る舞ってくれるし、折に触れて尊の両親の墓参りに行ってくれていることも、知っている。

（自分にはもったいない……本当にできた娘さんなんだ……）

綿菓子かタンポポみたいな雰囲気をしていて、裏も表もない。洗いたての洗濯物のようなさわやかさがある。

『尊さん』

少し照れたように、それでもまっすぐに尊を見つめてくる芽衣子の姿に、尊は今まで何度も救われた気持ちになっている。

「はぁ……」

だが苦しい。もう我慢の限界だった。彼女と暮らすのが辛すぎるのだ。

(この生殺し状態に耐えられないんだっ!)

そう、尊はずっと芽衣子に手を出せない状況に長い間、苦しんでいた。

芽衣子を嫌いなわけではない。むしろ逆だ。

彼女に好意をもっているからこそ、この結婚を維持できないと悩んでいた。

まず芽衣子との結婚は、尊にとっても青天の霹靂(へきれき)だった。

ある日の朝、突然に芽衣子の父からいきなり電話がかかってきて、

『尊君は今はお付き合いしている女性はいないのかな?』

と尋ねられたのだ。

『いえ。出会いもありませんから』

それは明らかに嘘なのだが、恩人の手前、尊はそう答えた。

『じゃあうちの芽衣子と結婚しないか? 実は工場を売って田舎に隠居しようと思っていてね。でも芽衣子はまだ学生だから東京にいるだろう? ひとりにするのは心配

なんだけど、君なら安心できると思ってね』

『ははは。芽衣子さんを僕に？　それは身に余る光栄ですね！』

まさか溺愛している一人娘を、ひとまわり以上年の離れた自分と本気で結婚させようなんて思わなかった尊は、いつもより大きな声で笑って、その場をごまかしたのだが――。

『うんうん、そうかよかった！　ではさっそく話を進めよう。まずは顔合わせだ！』

『えっ？』

『お互い顔見知りだけど、ちゃんとしておきたいからね。じゃあまた連絡するね！』

『あ、あのっ……』

ガチャッ――。

無情な切断音を聞いて、『嘘だろう……？』と膝から崩れ落ちたのはいうまでもない。

だがそれから話はとんとん拍子に進み、気がつけばもう後戻りできないところまで進んでしまった。

そして芽衣子はまだ学生だというのに、両親の勝手な都合で尊と見合いをさせられて、断ることもできないまま入籍させられたのである。

（学生の身分で、こんな三十過ぎのおっさんと無理やり結婚させられるなんて、かわいそうすぎるだろ……！　あの子はまだ二十一だぞ!?　しかもあんなにかわいいのに、男と付き合ったことがないって……！　なんだよ、国宝か!?）

尊は若い頃はそれなりに男女交際を楽しんでいた。

健康な独身男性なのだから、おかしなことではないのだが、いつも恋人の存在は頭の中の円グラフの一割を占める程度で、夢中になったことは一度もなかった。

三十歳を超えて周囲がバタバタと結婚し始めたあとも、自分は結婚には向かないタイプだろうと思っていたので、する気もなかった。

きっと自分は妻になる人を幸せにできないだろうと、確固たる自信があったのだ。

なのに——断り切れなかった。

彼女がかわいくて、ほんの少しだけ夢を見てしまったのだ。芽衣子の大事な時間を奪うことよりも、自分の欲を優先させてしまった。

そんな不誠実な男である自分が、恩人の娘である芽衣子に触れていいはずがない。バチがあたってしまう。

それこそ芽衣子のことは、本当に小さいときから知っている。

高校入学くらいまでは普通に『お世話になっている恩人の娘さん』としか思ってい

なかったが、海外で仕事をするようになり、会う機会が減り、改めて二十歳そこそこの芽衣子と再会したときは、彼女の変貌ぶりに心底驚いてしまったのだ。

今でも昨日のことのように思い出せる。

あれは去年の年始の挨拶のときだった——。

『尊さん、あけましておめでとうございます』

晴れ着を着てにこやかに微笑み、挨拶をする芽衣子を見て、尊は完全にまいってしまった。

いつものように頭を撫でようとして、思わずその手を引っ込めてしまうくらい、驚いていた。

小さい頃から知っているのに、一目ぼれというのもおかしな話だが、そうとしか言えなかった。

蛹（さなぎ）から蝶（ちょう）へ変身するその一瞬のきらめきを目の当たりにしたような、そんな気がした。

(年甲斐もなく、ドキドキして……恥ずかしかったな)

もちろん、その場では、表面上はきちんとした大人の男として振る舞った。なにもおかしなことはなかったと思う。

だがあのときのことを思い出すと、今でも動悸が激しくなり、床に転がってゴロゴロしつつ「うわー！」と叫びたくなるような甘酸っぱい気持ちが込み上げてくる。

尊は昔からモテたし、それなりの女性経験もあったが、たいていが長続きしなかった。

学生の頃は『冷たい』と言われ、社会人になってからも仕事を理由に振られることが大半だった。

それでも『去る者追わず、来る者拒まず』の精神で生きていた。

努力して恋人との仲を維持しようと思ったことがなかったのだ。

そんな自分が、恋に落ちてしまった。

真っ暗な穴の中に背後から突き飛ばされ、そのまま転げ落ちてしまうような恋だった。

『お仕事大変そうですが、体に気をつけてくださいね』

晴れ着を着たタンポポの化身のような芽衣子が、ほわほわニコニコと微笑みかけてくるのを見て年甲斐もなく、『彼女とずっと一緒にいられたら楽しいだろうな』と思ってしまったのだ。

自分が彼女とそう変わらない年だったら、ためらいなく普通に告白し、恋人に立候補していただろう。

遠慮なく『好きだ、付き合ってほしい』と伝えたはずだ。

だが今の尊はそれができなかった。

自分は三十も半ばで、彼女とは十三歳も年が離れている。

登坂あたりは『気にしすぎですよ～』と笑っていたが、仏頂面、ヴィラン顔、インテリヤクザとからかわれている自分の顔が、若い女性にウケるタイプではないのはわかっている。

それになにより、遠い将来、年を取った自分が彼女に負担をかけるのではないかと思うと、尊は気が狂いそうになるのだ。

(俺は、父さんのように母さんを苦しめたくない。不幸にしたくない)

尊の両親も、夫婦で十歳、年が離れていた。父が病気で倒れたとき、母は身を粉にして看病した。

真面目な人だったから、寝る間もなかったのではないだろうか。そして母は、無理がたたったのか還暦を前に亡くなってしまったのだ。

そんな両親を十代で見ていたのだから、尊が結婚に消極的になるのは必然だろう。

だが結局、芽衣子かわいさに強く断れず、入籍までしてこんなことになっている。

（芽衣子さんはいい子だから、あの押しの強いご両親に言われて、断れなかっただけだ。本当に申し訳なかった……）

本当は彼女だって同世代の男と恋をしたいはずだ。だから一刻も早く、自由にしてあげなければならない。

このご時世、離婚もそう珍しいことではない。

若い彼女ならいくらでもやり直しはきく。

慰謝料はもちろん払うつもりだが、今ふたりで住んでいる白金台のマンションのローンも来年の頭には払い終える予定なので、名義を芽衣子に変更するつもりでいる。賃貸として貸し出せば毎月の収入になるはずだし、今後彼女が新しく誰かと家庭を築くときに、それなりの財産になるはずだ。

人生の再出発の助けにはなるだろう。

そして尊はさらに念押しとして、芽衣子の体には指一本触れないことを決めたのだ。

離婚前提で彼女の最初の男になるなど言語道断だし、もし万が一に子供でもできたら大変だ。計画が狂ってしまう。

避妊は絶対ではない。決して欲に負けてはいけない。

仕事を詰め込めば、年の半分は自宅にいなくて済む。

そんな、夫としての責務を果たさない自分に、芽衣子はすぐに愛想をつかすだろう、そうしたらすぐに離婚しようと思っていたのだが、彼女はいつまで経ってもそんなそぶりを見せない。

むしろ尊のほうが、気がつけばたまに会う芽衣子のかわいさに、耐えられなくなっていたのだ。

（あんなふうに俺に甘えて……）

先日の帰宅直後にお風呂上がりの芽衣子を抱きとめたとき、尊は信じられないくらい彼女に欲情した。

しっとりした素肌に上気した頰。キラキラと濡れて輝くふたつの大きな瞳。豊かで長い髪から香る、甘い芳香。

本当に愛らしいと思うと同時に、彼女の柔らかそうな体を感じて、一瞬眩暈がしたくらいだ。

なんでもないふりをして芽衣子と距離を取り、分別ある大人として必死に己を律したが、その後も酔っぱらって『尊さん、尊さん』と甘えてくる芽衣子がかわいくて、理性が焼き切れそうになってしまった。

（いいおっさんのくせして……我慢できないなんて……）

結婚を打診されてから半年、実際に一緒に住むようになってからさらに半年。

この一年間、尊はずっと己の欲望と戦ってきた。

本当は彼女に滅茶苦茶にキスしたいし、ぎゅうぎゅうと抱きしめたいし、彼女とひとつになりたい。

芽衣子の最初で最後の男になりたい。

今までひとりの女性に対して、こんなに執着したことはない。

己の欲深さや身勝手さに、ゾッとして眩暈を覚える。

(俺では駄目だ！　早く、芽衣子さんから離れないと……)

彼女にそのつもりがなくても、またベッドに誘われでもしたら、今度こそ歯止めがきかない自信がある。

絶対に我慢しないし、最後まで抱く。

純真無垢な彼女を、自分の色で塗りつぶしてしまうに違いない。

(最低だな……)

尊ははぁ、とため息をつき、顔を上げてバーテンダーに声をかけた。

「——なにか強い酒を」

「畏まりました」

年配のバーテンダーは、尊のどこか沈んだ様子に一瞬気遣うような目線を向けたが、それを言葉にすることはなかった。客の要望に沿った最高の一杯を提供するだけである。

シェイカーを振る音に耳を澄ませながら、尊は頬杖を突き窓の外の夜景を眺める。

早く酔ってしまいたい。

今だけは、胸の中で微笑んでいるかわいらしい芽衣子の面影から、目を逸らしていたかった。

尊がホテルのバーでグラスを重ねていたその時間、芽衣子は同じホテルの別の部屋で、朔太郎に魔法をかけられていた。

「すごい……」

芽衣子はぽっかりと口を開けたまま、ドレッサーの鏡に顔を近づける。

最低限の下地のあとに、リキッドファンデーションをブラシで伸ばして、肌はかなりの薄付きだった。ラメが入ったピンクベージュのアイシャドウで甘さを出しつつ、チークはぽっとにじむようなコーラルピンクで、とろりとしたグロスリップを唇の中央にのせ馴染(なじ)ませている。

ちなみに芽衣子のまっすぐな黒髪は、朔太郎の手で柔らかいウェーブに巻かれて波打っている。

手順を見ていても、終始それほど作り込んでいるようには見えないのに、いざでき上がると今まで見たことがないような自分が、鏡の中に存在していた。

ここまでくると魔法としか思えない。

「これが本当に私？」

瞬(まばた)きをするたびに、鏡の中の女性も、同じタイミングで瞬きをするのが不思議で、芽衣子はひときわ大きくなった目で、隣に立っている朔太郎を振り仰いだ。

「勿論だよ。めーちゃん、メイクって思い通りの自分になれるものなんだから」

朔太郎はドレッサーの上に並べた化粧道具を、愛(いと)おしそうにひとつずつボックスに仕舞いながら、にっこりと微笑む。

「重めの髪色でロングパーマって最近のトレンドなんだよね。メイクと相まってちょっとファムファタルって感じある。やっぱちょーかわいいわ。もしかしたら旦那さん、めーちゃんだってわかんないかもよ？」

朔太郎は冗談めかしていたが、芽衣子はこくりとうなずいていた。

「そうかも。だって本当に、見たことがないくらいきれいなんだもん……！」

いつもの自分が気に入らないわけではないのだが、朔太郎の手によって大人っぽくまるで別人に生まれ変わったような自分を見て、テンションが上がらないはずがない。

芽衣子は椅子からガタッと立ち上がると、そのまま朔太郎の手を取りぶんぶんと振っていた。

「サクちゃん、ありがとう！　もうすっごいきれい！　大満足だよ〜！」

今にも天まで舞い上がりそうな芽衣子を見て、

「ちょっと待ってめーちゃん、喜ぶのは早いよ。さ、これに着替えておいで」

朔太郎は足元に置いてあったショップバッグを芽衣子に差し出す。

「あっ、そうだった。うん、すぐに着替えるね！」

芽衣子はこくこくとうなずき、ワンピースを持ってバスルームへと向かった。

いそいそと着ていたいつものシンプルな服を脱いで、白いワンピースを取り出し目の前に広げる。

シンプルでスレンダーなひざ丈のワンピースは、袖と裾の部分がフレアのレース加工になっており、肌が透けるようになっている。

首元は鎖骨があらわになるボートネックで、ウエストはぎりぎりまで引き絞られ、ヒップから腿にかけてゆるやかなカーブを描いていた。

背中側のスカートの裾部分は深くスリットが入っていて、イヤミのないセクシーさがとても上品だ。

今日、ホテルに来る前に、朔太郎の見立てできれいめのワンピースや靴を購入したのだ。

普段は決まったブランドの服を着ているので、朔太郎がいなければどの店で選んでいいかもわからなかった。朔太郎さまさまである。

ちなみに最近仲良くし始めた女の子を呼んで、彼曰く『いちゃこら』するらしい。だが芽衣子だって今から尊といちゃいちゃする（予定）なのだから、羨ましくはない。

（う、う、羨ましくなんか、ないもんね……！）

新しいワンピースと靴に履き替えて、また部屋に戻る。

「どうかな」

朔太郎の前でぐるっと回ると、朔太郎がハッとしたように駆け寄ってきた。

「いい、最高っ！　すっごく似合ってる！」

朔太郎は目を輝かせながら芽衣子の手を取り、ぎゅっと握りしめた。彼のお墨付きをもらうと、途端に自信が増してくるから不思議なものだ。

（よし、これで尊さんを誘惑してみせるぞ……！）

生まれかわった気持ちで、芽衣子は、朔太郎に応援されながら意気揚々と部屋を出てバーに向かったのだが――。

（た、た、た、たすけて～！）

バーの入り口手前で、いきなり芽衣子は見知らぬ男に行く手を阻まれていた。

「君、すごくきれいだね。よかったら俺に一杯おごらせてくれないか」

年の頃は三十代半ばくらいだろうか。仕立てのいいスーツに身を包んだ男が、すれ違いざまいきなり声をかけてきて、バーへの入り口をふさいでしまったのである。

予定外で、まさかの展開だ。

「えっ……、いや、その……」

夫と待ち合わせをしていると言えばよかったのだが、いきなりこの姿を見せて、尊を驚かせたかった芽衣子は、その発想が完全に頭から抜けていた。

バーの中に入りたいのに、いきなりの立ち往生だ。

男の前で縮こまりながら、あーとかうーとか情けなくうなり声をあげることしかできない。

そんな芽衣子を見て脈があると思ったのか、男は軽薄な笑いを浮かべてさらに体を近づけてきた。

「あ、もしかしたら俺が怪しいって思ってる？　大丈夫、俺ね、大手広告代理店の人間だから。ほら名刺。ね？　今日はさ、この近くでCMの撮影してたんだよ」

「は、はぁ……」

あまりテレビを見ない芽衣子は、まったく興味がない話を一方的に聞かされてポカンだが、男はさらに言葉を続ける。

「っていうか、よかったらスターに会わせてあげようか。きみみたいなきれいな子なら絶対に喜ばれるよ。一緒に写真だって撮れるかも。友達に自慢できるって。こっちおいでよ」

そしていきなり手首のあたりをつかまれ、なんとグイッと力任せに引っ張られてしまった。

体が近づき、強いアルコール臭にぎょっとして身がすくむ。どうやらこの男、かなり飲んでいるようだ。

これ以上酔っ払いに付き合っている暇はなかった。

「やっ、やめてくださいっ……」

芽衣子はその腕を強く振り払うと、男の横を通り過ぎるようにしてバーの中に入る。

こうなったら尊の元に逃げるしかない。

（尊さんどこー!?）

うろたえながらあたりをきょろきょろと見回すと、バーの一番奥、壁一面に夜景が見えるガラス窓の前に、見慣れたシルエットを発見した。

こちらには気がついていないようだが、ひとりでお酒を飲んでいる。

（尊さんだ……！）

高層からの夜景を楽しんでもらうためだろう、店内の照明はぎりぎりまで絞られていて顔の表情まで見えないが、大好きな彼の姿を間違えるはずがない。

芽衣子は急いで彼の元へと歩いていくが、また背後から腕をつかまれてしまった。

「ちょっと待ってよ、そんな逃げなくてもいいでしょ。男に恥をかかせるもんじゃないよ？」

口調は冗談めかしているが、しつこすぎる。

尊以外の男に触れられて、全身が粟立った。体が恐怖で震える。膝がガクガクとゆれて、足元から崩れ落ちそうな感覚に陥る。

（なんなの、もうっ……！）

芽衣子は愛する夫に会いたいだけだったのに、なぜこんなことになってしまったのだろう。

「やっ……」

力の限りやめてと叫ぼうとした次の瞬間、

「ずいぶんと酔っているようですね」

少し強張（こわば）った男の声が頭上から聞こえてきて、ハッとした。

背の高い男性が芽衣子から男を引きはがすように間に入り、同時に芽衣子を背後にかばう。

「あっ……」

それは少し離れた席に座っていたはずの尊だった。

こちらに気づいて助けにきてくれたらしい。夫の背中に守られて芽衣子の心はパッと明るくなった。

「あっ、小野寺さん……？」

どうやらナンパ男は尊の知り合いらしい。もしかしたら今回の仕事相手なのかもしれない。

　尊を見て明らかに『しまった』と顔に書いてある。

「貴方の紳士的でない振る舞いについて、言いたいことは山ほどあります。ですがそれを説明しなくてもわかりますね？」

　尊は圧倒的に高い位置から、眼鏡の奥の切れ長の目を軽く細めて男を見下ろした。

「部屋に戻って休まれたほうがいい」

　硬直するナンパ男に向かって尊はきっぱりとそう言い切ると、カウンターの中から出てきた若いバーテンダーに男を預ける。

　それから間もなくしてやってきたホテルマンたちに、酔っ払いは両脇から抱えられて、バーの外へと連れ出されてしまった。

（助かった……）

　バーから嵐が去り、静けさが戻ってくる。

　芽衣子はほうっと息を吐き、胸の真ん中に手のひらを乗せた。

　尊をちらりと見るとホテルマンと話をしている。芽衣子に代わって状況の説明をしてくれているのだろう。

　本当は尊に大人っぽく変身した自分を見てもらい、なおかつ誘惑するはずだったのだが、すっかり予定が狂ってしまった。

（でも尊さんにはちゃんと会えたわけだし……まぁ、いいのかな）

いきなりとびっきりのおしゃれをしてやってきた芽衣子を見て、彼はなんと言うだろうか。

『今日の君はとてもきれいだ』

なんて褒めてくれるだろうか。

酔っ払いのことはもうすっかり忘れて、ドキドキワクワクしながら尊を見上げると、

「待ち合わせの相手は？　友達と一緒だろう？」

と言いながら、芽衣子の元にやってきた。

「え？」

意味がわからず首をかしげたが、尊はさらに言葉を続ける。

こちらを見下ろす尊の目は、いつもの芽衣子を見つめる眼差しとは違っていた。

まっすぐに芽衣子を見てくれない。どこか戸惑っているような他人行儀さを感じる。

（えっ、どういうこと……？）

芽衣子は脳みそをフル回転して、思考し、そしてハッとした。

（もしかして尊さん、私だって気づいてない、の……？）

だが考えてみれば、それはありうることだった。朔太郎もその可能性を示唆していたし、芽衣子自身だって、鏡を見たときは自分の顔だと認識できなかったのだ。しかも今は普段着ないような服を着ているし、なによりバーは暗い。視界が悪すぎる。

ここにいるはずのない芽衣子が、姿かたちを変えて立っているのだから、尊にわかるはずがない。

（そっか……尊さん、気づいてないんだ！）

その瞬間――なぜだろう。

全身を包んでいた妙な緊張感が、ゆっくりとほどけていくのを芽衣子は感じていた。

「あの――」

芽衣子は何度か唇を震わせたあと、こくりとうなずく。

「約束はしていませんでした。だけど……」

己の口からするりと出た言葉に、芽衣子は衝撃を受けていた。

（な、な、なにを言っているの、私……！）

夫の前でなぜ他人のふりをしているのだ。我ながら意味がわからない。

「でも、よかったら一緒に飲んでくれませんか？　私、あなたと一緒にいたいんです

「……！」

そして芽衣子の口はペラペラと、勝手に動いて止まらなくなってしまった。

（こうなったら破れかぶれだ……！）

芽衣子は頬にかかる黒髪を耳の後ろにかけながら、上目遣いで尊を見上げる。

「お願い……します」

メタルフレームの奥の尊の瞳と視線がぶつかったその瞬間、彼の漆黒の目が射貫（いぬ）くような光を帯びたのを、芽衣子は見逃さなかった。

（尊さん……）

首の後ろがぞくりと震える。半年もの間、自分に見向きもしなかった夫が、今この瞬間は芽衣子を『女』として見ている。

彼が見ているのは普段の芽衣子ではなく、作られた美女のはずなのに――。

そう、わかっていても、止められなかった。

彼が欲しい。彼に自分を預けてしまいたい。

それは芽衣子にとって抗（あらが）いがたい誘惑だったのだ。

先に誘ったのはどっちだったか――。

『このあとの予定は？』

『あなたの部屋に行きたい。最初からそのつもりだったの』

薄暗いカウンターで、チャイナブルーを一杯だけ飲んだあと、尊の問いに芽衣子はそう答えていた。

小心者のくせして、このときは信じられないくらい勇気が出た。きっと夢見心地だったのだろう。

隣でギムレットを飲んでいた尊はほんの数秒考え込んだあと、芽衣子の腰を抱くように引き寄せ、バーを出た。

ウエストに感じる尊の手のひらを燃えるように熱く感じながら、芽衣子はエレベーターに乗り込む。

彼の部屋には一瞬で着いてしまった。

部屋の灯りはフットライトだけ。そして薄暗闇の中、芽衣子は長い時間をかけて尊と抱き合っていた。

(なんだか夢みたい……でも、夢なら覚めないで)

尊はこんなときでも落ち着いていて、大人だった。

体全体に尊の熱を感じる。このまま溶け合ってしまえたらどれだけ幸せだろう。

尊は芽衣子のまろやかな肩を撫でたあと、ゆっくりと頬を傾けてまず額に口づけ、それから滑るように唇を移動させて、芽衣子の唇を味わっていく。

「あ……」

キスに芽衣子が体を震わせると、尊は頬に添えた手でなだめるように、優しく芽衣子の肌の上を撫でる。

頭の上をポンポンされるのとは違う触れ合いに、芽衣子はすっかりまいっていた。

(結婚式以来のキスだ……)

だがこれはあのときのキスとは違う。

触れるだけでは終わらなかった。

舌が芽衣子の唇を割り、口の中に滑り込む。緊張して固まっている芽衣子の舌にそっと触れて、それから味わうように絡んでいく。

彼がくれた大人の口づけは、ギムレットのライムジュースの味がした。

(だめ、溶けちゃいそう……)

ぬるぬると二匹の蛇のように絡み合う舌の感触に、背筋がぞくぞくと震える。尊の手が腰を支えてくれていたが、自分の足で立っているのがやっとだった。

情欲がこもった好きな人とのキスは、こんなに気持ちがいいものなのだろうか。

次第に深くなる尊の口づけに芽衣子は眩暈を覚えながら、尊の上着のボタンに触れる。

「これ、脱いで……ください」

三つ揃（ぞろ）いのスーツをきっちりと着こなした尊は、今晩もうっとりするほど素敵だったが、今はまるで硬い鎧（よろい）で身を守られているような気がする。

彼にもっと近づきたい。

上着のボタンに指を這（は）わせると、彼は少しかすれた声でささやいた。

「この先に進むと……もう後戻りできなくなる」

戻れなくなったら、なんだと言うのだ。

芽衣子は無言で首を振った。

あと戻りなんかしてほしくない。

このまま自分を知らない場所へ連れていってほしい。

彼は自分をどこの誰とも知らない、バーで会っただけの女だと思っているかもしれないが、芽衣子は違う。

来年の春に捨てられる予定かもしれないが、今はまだ尊の妻だ。

そして彼に体ごと愛されたいと願っている、ごく普通の平凡な女なのだ。

愛されたい。抱かれたい。彼のものになりたい。

たとえこれが最後だとしても、ああすればよかったと後悔はしたくない。

一生の思い出になるように、尊自身を刻みつけてほしかった。

「我慢なんかしないで……抱いて。私のこと、めちゃくちゃにして……！」

芽衣子は尊の胸元を両手でつかみ力強く引き寄せると、かみつくように唇を押し当てていた——。


（やってしまった……）

カーテンの隙間からちらちらと見える東京の夜景を見ながら、芽衣子はぼうっと物思いにふける。

芽衣子を後ろから抱きかかえるようにして眠っている尊からは、規則正しい寝息が聞こえた。どうやら彼はぐっすり眠っているらしい。

いつもは落ち着いたドーベルマンのような容貌をした彼が、芽衣子の上で黒髪を乱し、肌を汗で濡らす様子を思い出すと、また心臓が早鐘のように打ち始める。

いけないことをした自覚はあるが、後悔は微塵（みじん）もない。

とうとう、彼に抱かれた。

してしまったのだ。

（ほんと……すごく、よかった～……！）

自分はもうなにも知らない処女ではなくなったのだ。

芽衣子は震えながらぎゅうっとシーツを握りしめる。

昨晩の尊は、強引なキスをきっかけに、一気に吹っ切れたようだった。

芽衣子をベッドにもつれるように押し倒したあとは、激しいキスの雨を降らせながら、あっという間に生まれたままの姿にしてしまった。

そして尊もまた着ていたスーツやベスト、シャツをはぎ取るように脱ぎ捨てたのだが、彼はずいぶんと着やせするたちらしく、彫刻のような美しい裸体をしていて、芽衣子はまたいつものように心の中で『かっこよすぎて死んでしまう！』と叫んだくらいだ。

そして野生の獣のような夫は、芽衣子を頭から食べてしまうような勢いで、つま先から指先まですべて口に含みながら、芽衣子の体を押し開いていった。

ベッドに押し倒されてから、芽衣子は完全にされるがままだったが、尊は、いざひとつになるという段階で、急に優しくなった。

何度も顔中にキスを落としながら、見知らぬ女が『初めて』であることを知っているような丁寧さで、優しく真綿で包み込むように抱いてくれたのだ。

貫かれたときは涙が出たが、それは痛みではない。

喜びの涙だった。

『――こんなこと、想像もしなかった……』

芽衣子の中で果てたあと、何度も切なそうにささやく尊の声に、芽衣子の心は甘く、苦く締めつけられる。

『いいの。私がこれを望んだんだから』

両手で尊の頬を挟み込み、キスを繰り返す。何度も音を立てて、小鳥がついばむようなキスをしていると、尊もまた次第に熱っぽく口づけを返してくる。

そうやって他愛もないキスを繰り返したあと、尊は力尽きたように芽衣子を抱いて眠ってしまったのだ。

実際、ハードなスケジュールで仕事をこなして疲れていたのだろう。

芽衣子は彼を起こさないよう、そうっと肩越しに尊を振り返った。

（尊さん、寝顔かわいい……）

ふふっと笑いながら、尊の顔をじっと見つめる。

いつも尊は芽衣子より遅く寝て、早く起きる。同じベッドで彼の寝顔を見るのは初めてだった。

芽衣子は夫の腕の中で幸せを感じながらも、同時に、シンデレラの時間が終わりに近づいていることに気がついていた。

「そろそろ行かなきゃ……だめだよね」

暗闇とメイクで他人に間違われていた芽衣子だが、さすがに日の光の下で顔を見ればバレるに決まっている。

嘘をついてまで抱かれたかったのは事実だが、これは『どこの誰でもない女』が望んだことで、尊にはなんの責任もない。

芽衣子はウエストのあたりに巻きついた尊の腕をそうっと外し、ベッドを抜けてあたりに散らばった下着を慌ただしく身に着けると、ワンピースを頭からかぶって身支度を整える。

「よし……」

バッグを持ってハイヒールに足を入れた芽衣子は、ベッドに手を突いて眠る尊の額にそっとキスをする。

「尊さん、騙すようなことして、ごめんね」

そしてゆっくりと、同時に慌ただしく、部屋を抜け出したのだった。

それから数時間後の朝日が昇るころ、起きてベッドが空になっていることに気づいた尊が、

「あれ……芽衣子さん？」

と、妻を探して、その名前をつぶやいたことも知らずに――。


深夜、タクシーで自宅に戻った芽衣子は、よれよれになりながら頭から熱いシャワーを浴び、きちんといつものパジャマに着替えてベッドに潜り込んだ。

まだ体の奥がひりついて、痛みがある。

だがその痛みはいやなものではなかった。彼に愛された証拠だ。

(夢じゃないんだ……本当に私、尊さんに抱かれたんだ)

朔太郎に変身させてもらった自分はもういない。夫婦として愛し合ったわけではない。そんなことはわかっている。

だがこの体は誰がなんと言おうと芽衣子のものだ。芽衣子が自分の意思で尊に差し

出し、そして彼を受け入れた。だから後悔はない。

「これで……いいんだ」

芽衣子はそうっと自分の体を抱きしめて、目を閉じる。

ベッドの中で彼の香水の香りを何度も嗅いだせいだろうか。寝返りを打ったびに幻のように鼻先に尊の香りがして胸が締めつけられる。

(だけど、それとは別に、これからどうしよう……)

結局このままでは、状況は変わらず離婚を回避できていない。

(今さらあれは私でしたなんて絶対に言えないし……。他人のふりをして抱かれるなんて、私が尊さんの立場なら、春まで待たずに即日離婚を決意しちゃうもん)

あれこれ考えていると、さらに頭の中がグルグルしてきた。

「尊さん……」

今晩は眠れそうにないと思っていたが、やはり芽衣子も気が張っていたらしい。

気がつけば落ちるように、意識を失っていたのだった。

「——さん、芽衣子さん」

「ん……」

肩のあたりを揺さぶられて目を覚ますと、すぐ目の前に尊の顔があった。

「っ、ひゃあっ！」

驚いた芽衣子は飛び起きて、危うくベッドから転げ落ちそうになる。

「すまない、驚かせる気はなかったんだが」

「あ……いえ」

（び、びっくりしたぁ……）

尊が慌てて肩を押さえてくれたが、心臓はばくばくと鼓動を打っていた。

それもそうだろう。彼と昨晩初めて抱き合い、芽衣子はもう処女ではなくなった。

夢のような時間を過ごした相手ではあるが、明るい時間に会うというのは、妙に照れくさいものだ。

たとえそれが妻を抱いたことに気づいていない夫であっても――。

「起こしてすまない。いつまでも起きてこないから……その、具合でも悪いのかと思って」

ベッドの横に立つ尊は少し心配そうな顔をしていた。

ネクタイのあたりに手持ち無沙汰に触れながら、視線をさまよわせる。

「え……？」

言われて時計を見ると、なんと針は午前十一時をさしていた。随分と寝過ごしてしまったらしい。

「あぁ……いえ、ただの寝坊です。気圧のせいかもしれないですね」

芽衣子はへへっと笑いながらベッドから下り、クローゼットからロングカーディガンを出してパジャマの上に羽織る。

いつも通りに振る舞えているだろうか。ギクシャクしていないだろうか。

そんなことばかり考えて、まともに尊の顔を見ることができなかった。

昨日、芽衣子は彼に抱かれた。念願叶って、初めてを尊に捧げた。

もちろん彼は昨晩の女性が芽衣子だとは知らないのだが、芽衣子はやはり尊の顔を直視するのも恥ずかしい。

（平常心、平常心……！　尊さんはなんにも知らないんだから、ここはいつも通りにしないと……！）

芽衣子は心の中で必死にそうつぶやき、己を叱咤激励しながら、尊ににっこりと微笑みかける。

「ところで尊さんは、こんな時間にどうしたんですか？　お仕事は？」

聞いていたスケジュールでは、今日は家に戻らず、ホテルからそのまま横浜の会社に顔を出すと言っていたはずだ。

芽衣子が首をかしげると、尊はなんだか不思議そうな顔をして芽衣子を見下ろし、それからなにか言いたそうに唇を震わせたが、結局唇を引き結んでしまった。

ふたりの間に絶妙な間が流れる。

「……尊さん？」

なんだか様子がおかしい。

（……もしかして、やっぱりなにか疑われている？）

背中につうっと汗が流れる気がした。

だがそんなはずはない。彼は着飾った自分に気づいていなかった。

ではこれはいったいなんなのだろう。

（春どころか、もう離婚したいって考えてる……とか？）

いつもと違う様子の尊に、いったいどうしたのかと彼の端整な顔を下から見上げた。

だがその瞬間、尊は逃げるように芽衣子からサッと目を逸らし、

「いや、なんでもないんだ。僕は今から仕事に行く。今日から週末まで帰りは遅いから、先に休んでいてほしい」

と若干早口で言い、芽衣子の頭をぽんぽんと撫でて、慌ただしく寝室を出ていってしまった。

「尊さん……そうよね、気づいてるわけないよね」

尊はいつも冷静でクールな人だ。

昨晩の女性が芽衣子だとわかっていたら、あんな風に情熱的に抱いてくれるはずがない。彼にとって芽衣子は妹のようなものなのだから。

安堵と落胆がごちゃまぜになって、胸の中で渦巻いていたがどうしようもない。

芽衣子ははぁ、と大きくため息をつきつつ、またごろりとベッドに転がったのだった。


横浜駅から徒歩五分のオフィスビル内にある小野寺貿易の社長室で、尊はひとりデスクに両肘をつき、むむむ、と考え込んでいた。

デスクに積み上げられた決裁待ちの書類の束の隙間から、ちらりと結婚式のときの写真が覗いている。白いウェディングドレスに身を包んだ芽衣子と、少し緊張した顔のタキシード姿の尊が並んだ写真だ。

ドレスのことはなにもわからないが、清楚で愛らしい芽衣子にぴったりのドレスだった。それ以外にも芽衣子ひとりのアップの写真などもプリントし、写真立てに飾っている。

社内の人間だけでなく来客にまで『愛妻家なんですね』と笑われることもあったが、笑われる意味がわからない。

(芽衣子さんは世界で一番かわいい花嫁だった。愛さないはずがないだろう……!)

結婚前から今までずっと、彼女に対する思いを必死に押し殺していた尊だが、ようやく彼女と夫婦になれた。

だが芽衣子の反応が理解できない。

(なぜ彼女は先に帰ったんだろう……。そしてなぜ、何事もなかったかのように振る舞うんだ?)

妻の意図が理解できず、確認しなければならない書類が山のように積んであるのだが、なかなか手が出せないままだった。

「どういうことだ……?」

尊は低い声でうめき声を上げ、ホテルでの一夜を思い出す。

昨晩の芽衣子との一夜は、最高にすばらしかった。

愛おしいと思っていた妻をようやく抱けた。

今日から夫婦生活ががらりと変わるだろうと思ったのに、今朝の芽衣子はなぜかひどくよそよそしく、むしろどこか尊を拒絶しているようだった。

全身の空気が尊を拒み、昨晩のことを聞いてくれるな、と言われているような気がして、尊はそれ以上強く出られず、モヤモヤしながら出社したのだ。

(もしかしたら、怒っているのか……？　せっかく変身した彼女を褒め称えなかったから……)

尊は顔の前で組んだ指に力を込める。

だがそれだってわざとではないのだ。

そもそも尊は芽衣子だとわかって助けたわけではない。遠目に男に絡まれているのを見たときは、彼女の顔も見ていなかった。

ただ女性の一人客に絡んでいた男が広告代理店の人間だったので、なにか問題を起こされてはまずいと思い、とっさに間に入っただけだ。

尊を見たときにホッとしたように息を吐く彼女に近づいて、ようやく目の前の美女が芽衣子だと気がついた。

（芽衣子さん……だよな。なぜここに芽衣子さんが……？）

彼女はいつもの芽衣子とまるで違った。あまりにも美しくて度肝を抜かれた。

どちらがいいとか悪いとかではない。

尊は普段の芽衣子を心底かわいいと思っているし、守りたいと思っている。

ただ昨晩の芽衣子は咲いたばかりのカサブランカのように鮮烈で美しく、あのバーにいたすべての男を惹きつけていたと言っても過言ではなかった。

だが彼女は自分に集中する他人の視線など微塵も気にしていないようなそぶりで、一途な眼差しで尊を見つめていた。

左手の薬指に、尊が半年前に贈った一粒ダイヤの指輪を嵌めたまま――。

（ひとりじゃないだろう。友達と来たのか？）

尊が顧客のために用意したホテルは、顧客である俳優が世界中どこでも指定する五つ星ホテルだ。若い女性たちもＳＮＳに上げるために美しい夜景を撮りに来る、そんな場所だ。

芽衣子の交友関係を把握しているわけではないが、芽衣子がこの場にいるのもそのためだろうと思ったのだ。

彼女が自分に会いに来たなんて、一ミリも考えなかった。

「待ち合わせの相手は？　友達と一緒？」

そう尋ねた尊に、

「約束はしていませんでした。だけど……でも、よかったら一緒に飲んでくれませんか？　私、あなたと一緒にいたいんです」

芽衣子は震えながらもはっきりと口にしたのだ。

甘くきらめく宝石のような瞳で、まっすぐにこちらを見つめて――。

彼女から一緒にいたいと言われて心臓が跳ねた。

なんと芽衣子はひとりらしい。サプライズで、わざわざ着飾って夫に会いに来てくれた、ということなのだろう。

そう思うと嬉しかったが、今さら『嬉しい』だなんて恥ずかしくてとても口に出せなかった。

だが尊はせっかくの妻からの誘いを断るほど野暮ではない。芽衣子と一緒にカウンターに座りなおした。

カクテルグラスを傾ける芽衣子はとてもきれいだった。

彼女の横顔から目が離せなかった。

セクシーなドレスだが上品で、麗しい。あの底抜けに優しく人のいいご両親に、大事に育てられたのだという育ちの良さが、見ているだけでわかる。

美しい夜景を見ながら愛しの妻とこんな時間を過ごせるなんて、最高だなと思っていたが、時計の針が進むにつれて、尊の胸には不安が込み上げてきた。

（このまま家に帰すわけにはいかないな……危ないし俺が心配だ。タクシーでも信用ならない。部屋をとって彼女を泊まらせて、明日一緒に帰ることにしよう。ああ、でも大学の講義があるか……？　予定を確認しなければ。なんならこのまま俺も自宅に戻るべきか。送ってタクシーで戻ってくればいいか……）

そんなことを思いながら、尊は尋ねた。

『このあとの予定は？』

すると芽衣子は押し殺した声で『あなたの部屋に行きたい。最初からそのつもりだったの』と言ったのだ。

その瞬間、尊はようやくすべてを理解した。

普段は控えめな彼女が、とびっきりの美女として夫の前に姿を現した理由。

尊と一夜を共にするためだったのだ。

『そこまでして俺に抱かれたがっている』と理解した瞬間、たとえようのない喜びが体を包み込み、次の瞬間には理性が飛んでいた。

うぶな芽衣子が、自分を誘惑しようと着飾って姿を現したのかと思うと、脳が焼き切れるような興奮を覚えてしまった。

(そんなことを言って……俺がどれだけ我慢してきたと……！　自分が大事じゃないのか!?)

この半年、死ぬ気で欲望を腹の奥底に押し込めていたというのに、気がつけば彼女と一緒に部屋にいた。

そして彼女の着ていたワンピースを脱がせ、体中に口づけていたのだ。

正直言って、自分の身になにが起こったのかまったくわからなかった。

ただ、ベッドの上の芽衣子の体はとても素直で、触れる端からとろとろと溶けていくようで、甘く柔らかかった。

慎重に押し入った彼女の中は、あたたかく尊を迎え入れてくれた。

とても初めて体を重ねたとは思えないくらい、芽衣子との相性はよかった。

(芽衣子、芽衣子……芽衣子、好きだ。愛してる……！)

心の中で叫びながら、無我夢中で愛し合い、そして彼女に自分を刻みつけてしまった。

だが芽衣子も、たどたどしくも純粋に己を求めてくれていた。

首の後ろに回された彼女の腕のぬくもりが、どれほど嬉しかったか。

背中に残した引っかき傷の痛みは、尊をひどく興奮させた。

結婚まで心を通わせる暇もなかった。不本意な結婚に違いないと思っていたのに、芽衣子が、自分を求めてくれた。

そう思うと、涙が出るくらい幸せな気持ちで満たされていた。

(俺を、ひとりの男として、認めてくれていたんだ)

自分は、彼女にふさわしくないと悩んでいた。たとえ彼女に恋をしていたとしても、彼女の幸せのために身を引くべきだと思っていた。

だがそうではないとわかった以上、芽衣子を愛することを我慢するのはもうやめる。

これからは彼女を妻として、心から愛するのだ。

(もう自分の気持ちを隠したりなんかしない。彼女を幸せにしたい。一緒に、幸せになりたい)

そう思いながらも、その言葉を口にする前に力尽き、落ちるように寝てしまったのだった。

自分たちは夫婦なのだから、また明日、心を込めて告げればいいと思いながら――。

(本当に最高の夜だったな……)

尊は意味もなく、職場の窓から外を眺める。仕事中なのにこれではまずいと思うが、あれこれを思い出すと、顔が緩んで仕方ない。

「かわいかった……」

口元が勝手にふにゃふにゃしはじめる。

気恥ずかしくて片手で口元を覆ったが、やはり一方で今朝のことが不思議だった。

なぜ彼女は黙ってホテルの部屋を出たのだろう。

仕事を終えた尊は焦って自宅に帰ったが、芽衣子は授業に出るわけでもなくすやすやと眠っていて、まるで昨晩はなにもなかったかのようなそぶりだった。

そこになんの意図があるのか尊にはよくわからない。

(俺から尋ねていいものなんだろうか……いや、でもなんて聞くんだ？　今日からは抱いていいのかなんて、いくらなんでも無粋すぎるし……)

けれど自分はもう、芽衣子と愛し合う喜びを知ってしまった。今さらなかったことにはできないし、抱く前の自分には戻れない。

そうやって首をひねっているところで、社長室のドアがノックされる。

「はい」

返事をすると同時に、女性社員が少し困った表情で顔を出した。

「あの社長、登坂様がいらっしゃっていますが……」

「お久しぶりです～」

返事をする前に、女性社員の後ろから軽薄な調子で男が顔を出す。

「平祐……約束はしていなかったはずだが」

「仕事で近くに寄ったから、尊さんいるかなと思って電話したんですけど」

まるでこちらが悪いかのような口調だが、言われてスマホを見ると、確かに不在着信と『今から行っていいです？』というメッセージが届いていた。

芽衣子のことで頭がいっぱいで気づかなかったらしい。

「ああ……悪かった」

尊は軽くため息をついて、デスクから立ち上がる。

「これ、皆さんでどうぞ」

平祐は持っていたケーキの箱を女性社員に渡して、社長室にズカズカと入って応接セットのソファーに腰を下ろしてしまった。

「今日はコーヒーの気分ですね～」

飲み物を尋ねる女性社員にそう答えて、長い足を組む。

本当に馴れ馴れしくて図々しいが、これが登坂平祐という男なのである。

平祐は尊の大学の後輩だ。

実家が従業員数二万人を抱える大企業を経営しており、いわゆる御曹司だが、やたらフットワークが軽くいつもニコニコと笑って人の中心にいる。

堅物で四角四面に思われる尊とは、ある意味対局にいるような男だったが、どうにも憎めない性格をしていた。

なんだかんだとまめな男で、折に触れて連絡があり、こうして付き合いがいまだに続いているのである。

「尊センパイ、忙しいです?」

「いや……そうでもない」

実際、芽衣子のことで頭がいっぱいで、資料を眺めていてもなにひとつ頭に入っていかないのだから、仕方ない。

尊はパソコンの電源を落とし、ソファーへと移動する。

あれこれとお互いの仕事の話をしたあと、ごく自然に昨夜の話になった。

尊は平祐だけには、自分の清らかな結婚生活の話をしていたのだ。

「それはあれだな……ゲームとして楽しんでるんじゃないですかね?」

話を聞いた平祐は、妙に神妙な顔で思いもよらないことを口にした。

「ゲーム……？」

尊は眉をひそめながら、ローテーブル越しにコーヒーに優雅に口をつける平祐を見つめる。

「そうそう。奥様としては、今まで手を出してこなかった尊さんにはっぱをかけるつもりで、美女に変身したってわけでしょ？」

「たぶん、そう、だな」

尊は顎のあたりを指でつまみながら、うなずく。

「それで尊パイセンはあっさり陥落したわけじゃないですか。奥さんの色気に負けて」

彼の視線の先には、デスクの上に飾った芽衣子の写真があった。

「あっさりって言うな。それに彼女のかわいさに罪はない」

彼のからかうような口調に、思わず不機嫌になってしまったが、少しだけドキッとした。確かに芽衣子からしたら、少し拍子抜けだったかもしれない。お前は今までなんのために夫婦生活を避けてきたのかと思われても仕方ない。

（だがあれは、芽衣子に甘えられたあの夜があってのことだ……！）

次になにかのきっかけがあったら、理性が崩壊するかもしれないというのは、自分でもわかっていた。

黙り込んだ尊をよそに、平祐が続ける。

「そして彼女は一緒に朝を迎えることなくひとりで帰宅。翌朝、何事もなかったかのように尊さんに、いつも通り接した」

「まぁな」

「だからね、ゲームなんですよ」

「は？」

首をひねる尊に、平祐は嬉々として言葉を続けた。

「いい女ごっこして遊びたいってことですよ！」

なんだかぴんと来ないが、平祐は「そうだそうだ」とうなずいた。

「というと、俺は彼女と普通に夫婦生活を送ってはいけないのか？」

「勿論だめですね」

平祐はきっぱりと言い切る。

「半年なにもないままだったんだ。彼女だって気持ちの切り替えが必要だし、もういいって言われるまでは、奥さんのペースにまかせるべきだと思いますよ」

平祐がペラペラと持論を展開すると、尊はそういうものかと納得せざるを得なくなった。なにより自分があまり恋愛上手だと言えないという自覚がある。

「そ、そうか……そう、なのか？」

尊からしたら理解しがたい状況なのだが、確かに今朝の芽衣子の状況を考えると、だんだんそんな気がしてきた。

「いいじゃないですか。たぶん、近いうちにまたさりげなく誘ってくるはずですよ。それにのってあげればいいんですよ」

平祐は長い足を組んであっけらかんと言い放つ。

「わかった。とりあえず彼女がそうしたいなら、付き合おう……」

これからはごく普通の夫婦のように過ごしていいのかと思ったが、芽衣子がふたつの顔を使い分けたいというのなら、彼女の意思を尊重したい。

本当は今すぐ芽衣子を抱きしめたいが、少し先になりそうだ。

（芽衣子さんのためだ……）

尊はまた会社の窓から外を眺めつつ、深くうなずいたのだった。

三話　夫が私（妻）と浮気したようです

そして日は流れ、迎えた金曜日。大学でのゼミが終わったあと、いつもの流れで芽衣子は朔太郎とカフェへと向かっていた。

「話したいことといっぱいあるって言ってたから、気になってたんだよ」

朔太郎はムフフと笑いながら、芽衣子の顔を覗き込んできた。

「うん……聞いてほしいこと、すごくあるの」

自分の身に起こったことを聞いたら、彼はなんと言うだろうか。

そうしてふたり、連れ立ってカフェへと向かったのだが、残念ながらいつものカフェテリアはいっぱいだった。

「テイクアウトしてベンチで飲もうか」

「そうだね」

朔太郎の提案にうなずいて、温かいミルクティーを購入し、キャンパス内を歩いて空いているベンチを発見した。今日は朝から天気がよく、中庭に面したそこは芝生でゴロゴロしている学生で賑わっている。

「めーちゃん、空いてるところ座ろ〜」

「うん」

芽衣子は緊張しつつ、朔太郎と並んでベンチに腰を下ろした。

日の光がふたりをのんびりと包み込んで、あたりは平和そのものだ。ただひとつ芽衣子の心が暗雲立ち込めたお天気のごとく、荒れ放題なことを除けば——。

「じゃあまず聞いてくれる？」

芽衣子は大きく深呼吸をしたのち、ホテルでの一件をごにょごにょと説明した。

部屋に行ったあとのことは、親友相手でもやはり恥ずかしかったので、しどろもどろになってしまったが、基本的にすべてを打ち明けたつもりだ。

ウンウンと聞いていた朔太郎は、見る見るうちに怪訝な表情へと変化していった。

「ちょっと待って。そんなことある？」

すべてを語ったあと、朔太郎が怪訝そうに眉根を寄せる。

それもそうだ。

妻なのに妻だと気づかれなかった、なんて信じられないに決まっている。

「でもね、実際あったんだよ。それに私自身、目を疑うような仕上がりだったもん。これが私？　って思ったし。サクちゃんだって『旦那さんわかんないかも』って言ってたじゃない」

自分で自分がわからないくらいなのだから、薄暗いバーで尊が自分を誰かわからなくても仕方ない。

「まぁ、言ったけど……なるほど。僕の腕がよすぎたせいで……まさかの展開だな」

朔太郎ははははは、と乾いた笑い声を上げたあと、少し真面目な顔をして言葉を続けた。

「でもさぁ……とすると、それって目的半分しか叶ってないよね？」

「そうなの」

芽衣子はこくりとうなずいた。

彼に女として見られたい、愛されてみたいという目的は達成できた。

「確かに私は尊さんを誘惑できた……と思う。一度でもそういう関係になれば、離婚も延長かなって思ってやったことだったんだけど。彼は私だってわかってなかったわけで。私が思い出作りしただけになっちゃうんだよね」

離婚問題が回避できたかというと、はなはだ怪しい。

ガックリと肩を落とした芽衣子に、

「いやいや、それだけじゃないでしょ」

朔太郎がなに言ってんのと顔を覗き込んできた。

「旦那さん『浮気』したんだよ」

彼の淡いオレンジのグロスが塗られた唇から零れ落ちた発言に、芽衣子は仰天し、石のように固まってしまった。

「えっ？」

浮気？

尊さんが？

真面目な彼が浮気だなんて、そんないきなり言われても信じられない。

ぴくりとも動かなくなった芽衣子に、

「『えっ？』て。いやいや……」

朔太郎は苦笑しつつ、さらに言葉を続ける。

「だってそうでしょ。奥さんじゃない女性とえっちしたんだから」

「私は奥さんだよ？」

いくら着飾ったからといって、あれは芽衣子だ。

「でも向こうはそうと思ってないじゃん」

朔太郎は少し不満そうに唇を尖らせる。

「仮に変身後を『めーちゃんB』としようか。旦那さんは『めーちゃんB』を見て、めーちゃんだとは思わなった。でも、『めーちゃんB』が結婚指輪してるのは、気づいてたはずだよ。なのにえっちしたってことは、人妻の火遊びだからあとくされがないって思ったんでしょ。そういうのに慣れてるんじゃないの」

人妻の火遊び――。

その単語に芽衣子の心臓は跳ねたが、朔太郎はかすかに唇を尖らせ足を伸ばし、履いているスニーカーに目を落とした。

「僕さ、こんなかわいいめーちゃんを抱かない旦那さんは、もしかしたらゲイなのかなって思ってたんだよね。でも結局美人に仕上がった『めーちゃんB』を抱いたわけじゃん？」

「う、うん……」

「だからやっぱり浮気だと思う」

「――」

言葉を失い黙り込んだ芽衣子を見て、朔太郎は申し訳なさそうに眉尻をハの字に下げる。

「ごめん、傷つけたね。僕……意地悪だな……ごめん」

親友の声は、少しだけかすれていた。いつも陽気でニコニコしている朔太郎の初めて見た一面だった。

「あ……ううん」

芽衣子は慌ててプルプルと首を振り「大丈夫だよ」と笑みを浮かべる。

「サクちゃんは私のためを思って言ってくれてるんだもん……。意地悪じゃないってことくらいわかるよ」

と同時に、朔太郎の発した『浮気』という言葉が、今さらどっしりと胸に重く突き刺さってきた。

芽衣子と尊は、神様の前で指輪を交換し誓いの言葉を交わした。

芽衣子はいつか愛してもらえると思いながら、指輪を毎日身に着けていたのだ。

ふと、手元に目を落とす。老舗の高級ジュエリーショップで尊と選んだ上品な一粒ダイヤの指輪が、少しだけ曇って見えた。

(そっか……浮気なんだ。尊さん、私という妻がありながら……謎の美女風の『めーちゃんB』と浮気したんだ……浮気……うわ、き……えっ、浮気……?)

ショックで視界がだんだん白くなっていく。

好きで好きでたまらない尊が、突如手の届かないところに行ってしまう気がして、思考が今にも停止しそうになる。

「めーちゃん？」

異変を感じた朔太郎が芽衣子の肩に手を乗せるが、ぴくりとも動けなかった。

まるで体全体を薄い膜が覆いつくしたかのような、地に足がついていない感覚に、芽衣子はそのままがくりとうなだれる。

芽衣子の大きな目にじんわりと涙が浮かぶ。

「私というものがありながら、私と浮気だなんて……」

「めっ、めーちゃん……？」

「ううっ……うっ……ひどいよっ……うわぁぁん～……！」

両手で顔を覆うと同時に、噴水のようにピーッと涙が噴き出した。

「ぎゃっ、ちょっとめーちゃんっここで泣くのやめてよー！」

朔太郎が慌てたように立ったり座ったりオロオロしたが、もう一度動き出した感情は止められない。

芽衣子はおいおいと、感情の赴(おもむ)くままに泣き出してしまったのだった。

「めーちゃん、大丈夫？」

「ん……」

芽衣子は渡されたハンカチで目元をぬぐいながら、こくりとうなずいた。

「ごめんね、急に泣き出したりして」

泣いたのはほんの少しの間だが、ちょっぴり目立っていたのでふたりは場所を変えていた。使っていない教室の椅子に並んで座り肩を並べる。

「いや、僕こそごめん。すごく無神経だった」

朔太郎はそう言って、それから言葉を選びながら芽衣子の顔を覗き込んだ。

「でも、これからどうするの？」

「うん……」

芽衣子は大きく深呼吸をして、まっすぐに正面を見つめた。

「ショックだったけど、諦めない。頑張る」

「頑張るって……えっ、本当に？」

朔太郎が驚いたように目を丸くする。

「うん。もしかしたら離婚が早まっちゃったかもしれないけど、私は尊さんが好きだもん。だから私自身を見てもらうよう、好きになってもらえるよう頑張る……」

グッとこぶしを握った芽衣子を見て、朔太郎は少し眩しそうに目を細めつつ、うなずいた。

「めーちゃん、ほんとに尊さんが好きなんだね」

その声は呆れているというよりも気遣われているような気配があった。

振り向いてくれない夫を追いかける芽衣子だが、他人から見れば滑稽に映るかもしれない。

「好きだから……結婚したんだよ」

芽衣子はそうつぶやいて、視線を落とす。

やはり諦められない。尊はそうではなかったとしても、芽衣子は彼を愛している。

神様の前で誓う前からずっと、彼を思っている。

自分である『めーちゃんB』と浮気（？）されていたとしても、その気持ちは変わらなかった。

そんな芽衣子を見て、朔太郎はふうっと息を吐いてそれから柔らかい笑みを浮かべた。

「わかったよ、めーちゃん。僕もとことん協力する」

「えっ、本当？」

こうなったのは朔太郎のせいではないのに、彼はまだ協力を申し出てくれるらしい。

呆れられても仕方ないと思ったのに、優しい言葉をかけられて芽衣子はびっくりしてしまった。

「もちろんだよ、こうなったらやれることは全部やろう！」

朔太郎はキラキラとした眼差しで、しっかりとうなずく。

親友の励ましに、胸に熱いものが込み上げてきた。

「うっ、うんっ……！」

やはり頼れるものは友達だ。ひとりよりもふたりのほうがずっと心強い。芽衣子はパーッと笑顔になって、朔太郎と手を取り合った。

そうやってひとしきりキャッキャしたところで、朔太郎が真顔になる。

「でも……頑張るって具体的にどうするつもり？」

頑張ると言ってもやはり作戦が必要だ。

朔太郎はむむむ、と首をひねる。

「とりあえず、ちょっと考えていることはあるんだけど……サクちゃん聞いてくれる？」

使っていない教室なので今は誰もいないが、さすがに人に聞かれるのはまずい。

芽衣子は真面目な顔をして、声を控えつつささやいた。

「お、なになに？」

机の上にもたれるように肘をつき、芽衣子の顔を覗き込んでくる。芽衣子もそれに応えるよう、思い切って己の考えを口にした。

「とりあえず、もう一度変身して尊さんに近づこうと思うの」

「えっ？　なんでそうなるの？」

芽衣子の言葉に朔太郎がぎょっとした顔になる。

確かに彼が驚くのも無理はないと思う。だが芽衣子にはそれなりに考えがあった。

「だって、このままじゃ尊さんが浮気をしただけになっちゃうでしょう？　だからこそちゃんとそのあたりを修正しないといけないと思うの」

「修正？」

浮気の事実がある以上、その件に関してどうにかしなければ、芽衣子は妻として愛してもらえない気がする。

「そう、修正。『めーちゃんB』は浮気相手なんだから、『めーちゃんB』自らの手で、ちゃんと妻に向き合ってもらうようにしたいのよ」

「なるほど……」

わかったようなわからないような雰囲気で首をかしげる彼だが、芽衣子の言葉にも一理あると思ってくれたようだ。

「まぁ、わかったよ。とにかく僕はめーちゃんが納得するまで付き合う」

「ありがとうサクちゃんっ！」

朔太郎がいてくれたら百人力だ。

それから尊の仕事のスケジュールを確認し、朔太郎と話し合った結果、決行は来週の尊の出張の日に決定したのだった。


「じゃあまたね～」

朔太郎と元気よく別れて、芽衣子は自宅マンションへと戻る。

今日、尊は自宅で食事をとると言っていた。実家の両親から送られてきた新米に、金目鯛（きんめだい）を煮つけにして、ゴボウを梅とかつお節であえたものと、豆腐（とうふ）とわかめのお味噌汁（みそしる）を作る。デザートには梨を用意した。

「は～、新米ってほんとつやつやピカピカしておいしそう～！　ひと口だけ……」

土鍋で炊いた米をおひつに移しつつ、ひと口だけと口に運びモグモグしていると、

「芽衣子さん、ただいま」

「ひゃっ！」

いきなり声をかけられて、芽衣子はその場でネコのように飛び上がっていた。

「すまない、ドアを開けるときに声はかけたんだが……」

尊が申し訳なさそうに芽衣子を見下ろす。

「あ、いえ……ちょうど台所にいたから聞こえなかったみたいですね」

芽衣子は照れながら尊を見上げる。

スーツの上にトレンチコートを羽織った彼は、芽衣子が卒倒しそうなくらい素敵だった。

(かっこいい……)

トキメキで胸がぎゅんぎゅんする。まるで海外のファッション雑誌から抜け出してきたかのようだ。

今すぐポメラニアンになって、キャンキャンと吠えながら彼の周りをぐるぐると回りたい。

そんなことを考えながら、ぽーっと見とれていると、尊が苦笑する。

「僕の顔になにかついてる?」

「あ、いえ。ついてないですっ」

尊さんの顔はいつだってきれいですっ！　という思いを込めてブンブンと首を振る

と、彼は目を細めて少しだけ顔を近づけてきた。

「ああ……なにかついてるのは芽衣子さんのほうだな」

「え？」

首を傾げた瞬間、尊の指が芽衣子の口元をぬぐい、なにかをつまみ上げる。彼の指先を見て、芽衣子は叫んでいた。

「あっ、おこめつぶっ……！」

どうやらつまみ食いをしたときについてしまったらしい。

顔を真っ赤にする芽衣子を見て尊はふふっと笑い、そのまま米粒を口に入れてバスルームへと向かって行ってしまった。

「あ……」

恥かしいところを見られて、顔どころかもう手のひらまで真っ赤になっていた。

彼はおそらく無意識なのだろう。子供にするようにしただけなのかもしれない。

だがそのほんの少しの触れ合いに、また芽衣子の胸は信じられないくらいときめいてしまうのだった。

「後片付けは僕がしよう。芽衣子さんはお風呂に入るといい」

「いいんですか？　ではお言葉に甘えますね。ありがとうございます」

芽衣子は素直にうなずいて、そのままバスルームへと向かった。その華奢（きゃしゃ）な背中を見送りながら、尊はテーブルの上の食器を手に取りキッチンへと運んでいく。

（なるほど……そのうち誘いがあるというのは、平祐の言う通りだったな）

食事中のことを思い出すとつい頬が緩んで仕方ない。

尊は必死に唇を引き結びながら、食洗器へと皿を並べて、少し前のやりとりを思い出していた――。


食後のデザートである梨を食べながら、芽衣子がおそるおそるといったふうに尋ねてきた。

「あの、尊さん。来週って出張がありましたよね」

「ん？　ああ。大阪にな」

梨をしゃりしゃりと食べる芽衣子はハムスターのようにかわいいなと思いながら、尊は日本茶を飲み、小さくうなずく。

「その、大阪ではどこのホテルに泊まるんですか？」

都内ならまだしも、遠くの出張で泊まるホテルの名前を聞かれたのは初めてだった。

なぜそんなことを？　と首をひねったが、なんだか居心地が悪そうに、モジモジしている芽衣子を見てハッと気がついた。

（もしかしてこれが『二度目のお誘い』ということか……！）

あの夜は尊の中でも最高の思い出になってはいるが、人は思い出だけでは生きていけない。

しかも一緒に住んでいるのだから、現状、毎晩お預けをくらっている状態だ。

隣のベッドで、すやすやと眠る芽衣子を見ていると、いい加減理性が崩壊しそうなのである。

これがあと数日続くようなら、もう尊から『ゲームはやめて、君と夫婦として過ごしたい』と打ち明けようかと思っていたところだ。

だが芽衣子がその気になってくれたのなら、話は早い。

ただ寝るだけだからと、出張用には駅直結のステーションホテルのシングルルームを取っていたが、芽衣子が一緒なら、ビジネスホテルではなく五つ星ホテルでなければならない。

（エグゼクティブスイートを予約しよう。ベッドは勿論キングサイズの一台でいい）

尊は緩む頬を引きしめつつ、外資系の一流ホテルの名前を口にした。

「翌日も仕事だが、翌日の夜には帰れると思う」

「わかりました。でも、ちゃんとごはん食べてくださいね。その、お酒で済ませたりしないように」

芽衣子はしどろもどろになりながらも、まっすぐに尊を見つめる。

彼女の思いやりの気持ちが伝わってきて、心があたたかくなった。

「ああ。そうだな、気をつけるよ」

尊の返事を聞いて、芽衣子はほっとしたように微笑んだ。そしてうつむいて口の中で、ぼそぼそとホテルの名前をつぶやいている。

（芽衣子さん……芽衣子。はやく君を愛したい）

きっと彼女は、自分に会いに来てくれるはずだ。

仕事をおろそかにするつもりはないが、こんなに出張が楽しみなのは初めてかもしれない。

食器を食洗器に任せて、尊は食後のコーヒーを淹れてそっと口に運ぶ。

愛する妻と大阪で会える。

「ふふっ……楽しみだな」

嬉しすぎて、思わずそんな言葉が漏れていた。沈着冷静を絵に描いたような尊だが、おそらく浮かれていたのだろう。

「えっ、楽しみ？　出張が？　本当にお仕事好きなのねぇ……」

お風呂上がりの芽衣子が、出張を楽しみにしているという尊の独り言を聞いて、感心していたことには気がつかなかった。

四話　夫は妻（である私）とデートするべきです

　あれは去年の秋が始まる少し前で、芽衣子が二十歳の頃だった。

　その日はとてもいいお天気で、まさに絶好のお見合い日和だった。

　両親が用意した顔合わせの場所は、戦前から続く老舗ホテルの料亭で、芽衣子はひどく緊張しながら、精魂込めて作られた料理を見下ろしていた。

（いつもならぺろりなのに、着物は苦しいし緊張するしで、半分しか食べられなかったよ……）

　赤い牡丹と桜、菊の有職文様の振袖に身を包んだ芽衣子は、帯どめのあたりを手のひらで撫でながら、正面に座っている尊を見つめる。

（尊さん、迷惑だって思ってるよね）

　芽衣子は尊に恋をしているが、彼にとって自分は未熟すぎるただの学生だ。

　仕事が趣味だと公言するほど忙しい人の時間を今まさに奪っていると思うと、申し訳なくてたまらなくなる。

　ちなみに見合いといっても尊は両親を亡くしているので、今日のコレはあくまでも

ただのお食事会なのだが、デザートを食べ終わったところで、

「尊くんなら安心して芽衣子を任せられるわ。よろしくお願いします」

「あとは若い二人でね」

両親はうふふと笑い合い、芽衣子と尊をその場に置いていってしまったのである。

「あらやだ、パパ。そのセリフは私が言いたかったわ」

「ごめんね、ママ」

「久しぶりにふたりで映画でも見ようか」

と、はしゃぎながら立ち去った両親を、引きとめることはできなかった。

残された芽衣子は、両親の背中を恨めしく見送る。

（もうっ、緊張するから、絶対にふたりきりにしないでって言ったのに……！）

だが行ってしまったものは仕方がない。芽衣子はふうっと息を吐きながら、隣に立つ尊を見上げた。

今日の尊は、グレーの三つ揃いに臙脂色のネクタイを締めている。背の高い彼はスタイル抜群で、きっちりしたスーツ姿にも拘わらず、華があった。

（尊さん、気づいてるかな……。自分がほかの女性に見られてるって）

ホテルには女性客も多いので、彼は自然と周囲の注目を集めていた。だが彼自身は

そんな視線などまったく気づいていないようなそぶりで、両親を見送っている。

尊はポーカーフェイスでなおかつ無口なので、なにを考えているか芽衣子にはわからない。

（でも、困ってることくらいは想像できるわ……）

尊はお見合いの席でもずっと無表情で、はしゃぐ両親をよそに能面のように表情を強張らせていた。

この茶番めいた見合いを一刻も早く終わらせて、彼を自由にしてあげなければならない。

それは彼に対する芽衣子なりの気遣いだった。

「あのっ……」

「芽衣子さん、少し散歩でもしましょうか」

解散しましょうと口に出すよりも早く、尊はそう言って芽衣子を見下ろし、ほんの少しだけ微笑んだ。

いつもはどこか気難しそうに一文字に結ばれている唇の口角が、やんわりと持ち上がったのを見て、胸がギューッと締めつけられる。

（大変なものを見てしまった！）

尊の笑顔はレア中のレアだ。

「あ、は、はいっ」

彼の申し出に、芽衣子はパーッと顔を赤く染めながらもうなずく。

このせいで、早く解散してあげなければと思った気持ちは、あっという間に吹っ飛んでしまった。我ながら現金なものだ。

（気を使ってくれたんだろうけど……嬉しいな）

こうなってしまったのなら、思い出作りの一環として、許してもらいたい。

芽衣子はホテルを出て、尊と並んで庭に足を踏み入れる。

明治時代の政治家の邸宅がもとになった庭園は、昭和期にガーデンレストランとして生まれ変わり、今は同じ敷地内にホテルやスパも併設されている。広大な庭園は都内にありながらさながら森のようで、宿泊客限定の散歩ツアーも開催されるほど十分な広さがあるのだ。

順路を進むと、さらさらと涼やかな清流の音が聞こえる。尊は最初からずっと芽衣子を気遣って、ゆっくりと歩いてくれた。

「このあたりは、夏だと蛍（ほたる）が見られるそうですよ」

「そうなんですね」

彼の言葉に、赤いかわいらしい橋の下を何気なく覗き込むと、確かに川が流れていた。あたりは緑色のもみじがびっしりと植えられている。

落ちた葉がさらさらと流れていくのを眺めながら、

「蛍見て見たかったな。それとあと一か月もすれば、紅葉も美しかったでしょうね」

ちょうど中途半端な時期に来てしまったらしい。

残念に思いながらそんなことをつぶやくと、芽衣子の隣に立った尊が同じように下を覗き込みながら、

「ではまた来ましょうか」

とさりげない様子でささやいた。

思いのほかその声が近くて驚くと、すぐ横に尊の顔があり心臓が跳ねる。

一瞬、頬に彼の吐息が触れた気がして、芽衣子はあからさまに動揺してしまった。

「あっ」

足元の草履がひっかかって体がよろめく。背後に倒れそうになった体を、慌てたように尊が抱きとめていた。

「大丈夫ですか？」

尊は軽々と芽衣子の体を片腕で、腕の中に引き寄せる。

人ひとり、平均体重でもそれなりの重さがあるはずなのに、尊はふらつくこともなく堂々としていた。

気のせいだとわかっているが、着物越しに彼から熱が伝わってくるようで、芽衣子は耳まで真っ赤になった。

「だっ……大丈夫です……」

絞り出した声は震えていた。

（顔、見られたくない……絶対真っ赤だよ……）

とはいえ、髪も振袖に合わせて結い上げていたので、いくら顔を逸らしたところで、耳や首筋が赤く染まっていることは、彼に伝わったに違いない。

（ああ〜意識してるってバレたらどうしよう……。変な子だって思われちゃう！）

その緊張が尊にも伝わったのだろうか。

「すみません、いつまでも」

尊は申し訳なさそうにつぶやき芽衣子から手を離すと、少し自嘲するようにささやいた。

「よく、友人からお前は顔が怖いと言われているんですよ」

「こ、こわっ？」

もしかして怯えているのと思われたのだろうか。

じっと尊を見上げると、彼は芽衣子から視線を逸らし、口元を大きな手で覆っていた。

その横顔はなんだか少し困っていて、悲しそうに見える。

芽衣子は慌てて顔を上げて、尊に詰め寄っていた。

「わっ、私は男の人は苦手ですが、尊さんは違いますっ！」

「えっ……」

尊が驚いたように目を見開いていたので、

「本当です……！」

さらに念押しで力強く叫んだ。

両親が結婚して十年、諦めた頃に授かったひとり娘の芽衣子は、それこそ蝶よ花よと大事に育てられた。

悪い虫がついてはいけないと、ずっとシックな女子校に通っていたくらいだ。

高校卒業後は、エスカレーター式に女子大に進学予定だったのだが、母親の『パパとママは大学で知り合ったんだから、芽衣子も大学くらいは共学がいいんじゃないかしら？』という提案で、そういうのもありかもしれないと、今の大学の文学部に進学を決めたのだ。

とはいえ、両親のように合コンに参加することもなく、異性の友達もできないまま、真面目に朝から晩まで大学に通って勉強ばかりしていたのだが——。

そんな芽衣子にとって、尊は遠い憧れの人だった。

彼は長い間、年に一度、三が日のうちに母親と一緒に挨拶に来てくれていた。

高校生から大学生の間は必ず、社会人になって海外赴任になってからは、帰国したときに顔を見せに来る。

彼は芽衣子のために、海外の宝石箱や絵葉書、ちょっとしたガラス細工など、いつもきれいで小さなお土産を持参してくれて、『大したものではないですが』と遠慮がちにプレゼントを渡してくれた。

『大きくなりましたね』

と、彼の大きな手で、頭を撫でられるのも好きだった。

子供っぽい扱いだと時折悲しくはなったけど、それでも芽衣子は尊に会えるのを、毎年ずっと楽しみにしていたのだ。

誤解だけはされたくない。

「わ、私は、尊さんのこと、怖いだなんて思ったの、一度もないです……！」

勇気を振り絞ってそう叫んでいた。

「芽衣子さん」

普段はぽやっとして、大きな声を出さない芽衣子のその一声に、彼は少し驚いたように眼鏡の奥の瞳を見開いた。だがそれからクスッと笑って、芽衣子の頭を柔らかく撫でる。

「ありがとう。嬉しいよ」

その笑顔を見た瞬間、芽衣子の心に突如、花が咲いた気がした。

芽吹き、あっという間に蕾(つぼみ)を作り、花が開く。

胸の奥からこんこんと泉が湧き出てくるような、そんな温かい気持ちが胸いっぱいに広がる。

(私……尊さんと一緒にいたい。これから先の人生を共に歩めたら、どんなに幸せだろう)

芽衣子は大した人生経験はない。社会に出てもっと見聞を広めるべきだろうとも思う。だが『好きな人』に関しては、これからいくら経験を重ねたところで、尊以上に好きになれる人は現れない。そんな気がした。

今日、顔合わせをする直前には、尊に負担をかけるくらいなら自分から見合いの辞退を申し出たほうがいいのではと思っていたのに、尊とふたりの時間を過ごしたことでそんな気持ちは霞のように消えてしまっていた。

（自分からは、言いたくない……）

情けないが彼の奥さんになるという夢を、もう少しだけ見ていたくなってしまった。


（そう、夢を見ていたかったの）

結婚前から、そして結婚半年後の今まで、芽衣子は夢の中にいた。

ただ『彼の側にいる』という夢に全力で浸っていた。

現状を変える努力もしなかった。

だがこのままでは春には離婚だ。ぬるま湯に浸るような夢を見るのはやめて、自分の力で尊の心を手に入れなければならない。

「よしっ……」

グッとこぶしを握り気合を入れた芽衣子は、すらりと伸びた足をまっすぐ前にくり出しながら、貴族の邸宅のようなクラシカルなドアをくぐり、ホテルへと入る。

エントランスには大人が二人がかりでも抱えきれないような花瓶があり、中には二ットセーターのような質感の赤いケイトウが飾られていた。それなりの人で賑わっていて、五つ星ホテルということもあり外国人客の姿も多い。

（なんとなく見られている気がするけど……変じゃないよね？）

根がインドアで陰キャな自覚がある芽衣子は、ハラハラしながらさりげなく首の後ろに手をやり、買ったばかりのシックなフレアワンピースに値札がついていないか確認する。

首元は大きく開いて、ウエストはぎゅっと絞られて裾はフレアの形になっている。アクセサリーはつけていないが、糸のように細いゴールドのネックレスで、髪はゴージャスに巻いてもらった。

今日、新幹線に乗る前に、朔太郎の実家が経営するエステに行き、頭のてっぺんからつま先まで磨き上げてもらった。

ヘアメイクは朔太郎が担当し、前回同様『これは誰ですか』レベルである。

普段の芽衣子を知っている人とすれ違っても、絶対に気づかれないだろうと、朔太郎のお墨付きだ。

芽衣子は緊張しながらエレベーターへと向かう。

（前回と同じようにバーに行けば、尊さんに会えるかな）

ハンドバッグの中からスマホを取り出す。ちょうど夕方の六時に差しかかろうとしているところだ。

尊とのメッセージの履歴を確認する。

『あと三十分くらいしてホテルに戻るよ』

『外で食事はしないんですか？』

『ルームサービスを頼むつもりだ。いや、気持ちを落ち着けるためにバーで一杯だけシングルモルトを飲んで……その後、贅沢を言えば、一刻も早くベッドに行きたいという気持ちもある。駄目だろうか』

見ているのは文字なのに、どこか焦れているような雰囲気が伝わってくる。

（早く横になりたいだなんて、疲れてるんだなぁ……かわいそう、尊さん……）

心配になってきた芽衣子は、

『駄目じゃないですよ、勿論！』

念押しに、力強くお気に入りの羊のスタンプを送った。

そして急いで尊の滞在しているホテルにやってきたのだった。

彼の激務を思うと、浮気相手として彼のもとに押しかけようとしている自分が少し恥ずかしい。

だが芽衣子だって遊びでやっているわけではないのだ。真剣に尊と向き合いたいと思って、ここに来ている。

（ごめんなさい、尊さん……！）

きゅっと唇を引きしめ、スマホをバッグの中に仕舞い込み芽衣子は表情を引きしめる。

そろそろ彼がホテルに戻ってくる。一杯くらいシングルモルトを、ということだから、とりあえずバーで待っていれば、尊と会える確率は高まるはずだ。

（よし、さっそく！）

意気込んでバーが入っている階数のボタンを押そうと指を伸ばしたところで、突然その手が横からつかまれる。

「あっ」

いきなりのことに驚いて顔を上げると、その手の主はなんと尊だった。

「君の姿を見逃さなくてよかった」

ネイビーカラーの三つ揃いに身を包んだ尊は、ホッとしたように微笑んで、そのまま芽衣子の肩を抱き寄せてエレベーターに乗り込む。

「え、えっ？」

尊を探していたのはこちらなのに、これはどういうことだ。

まるで芽衣子を待ち伏せしていたかのようなタイミングに目を白黒させていると、尊は嬉しそうに微笑んで目を細める。

「食事は？」

「あ、あの……まだ、です」

思わずぺったんこのお腹に手のひらを乗せると、彼は少し低い声でささやいた。

「ルームサービスを頼むつもりだが、もう少しあとでもいいだろうか」

確かにまだ夕食の時間には早い。

「は、はい……」

「よかった。では部屋に行こう」

尊はそう言って、エグゼクティブスイートのあるフロアの階数ボタンを押す。

（いきなり部屋……!?）

芽衣子の作戦ではバーで彼と話をする予定だった。このままでは彼の宿泊している部屋にふたりきりになってしまう。

（だ、だめよ、芽衣子！　そんなことになったら、そんなことになったら……私が我慢できなくなっちゃう……！）

最初で最後の夜だったはずなのに、また二回目がありますよと言われて自分の気持ちを抑えられるか自信がない。

だが流されてはいけない。芽衣子は浮気をしにきたわけではないのだ。

だから絶対に、流されては——。

「あっ……」

部屋に入った瞬間、芽衣子は尊に正面から強く抱きすくめられていた。

背が高くたくましい尊の腕の中は、芽衣子にとって天国に等しい安らぎの場所であり、夢の国のようなものだ。まるで金縛りにあったかのように動けなくなってしまった。

「会いに来てくれて嬉しい」

尊は芽衣子の肩口に顔をうずめながら熱っぽくささやく。

「あっ、会いに来たって……」

あくまでも自分は偶然を装うつもりでここに来ている。実際、尊のことをなにも知らない『設定』なのだから、会いに来たというのはおかしいはずだ。

ではなぜ彼はそんなことを言ったのだろう。意味がわからない。

（どういうこと？）

理由を考えながら黙り込んでいると、

「違うのか？」

尊が少し声を潜めてささやく。その声がなんだかちょっぴり寂しそうに聞こえて、胸がきゅうっと苦しくなった。

「ち……」

違う、と言いかけて、はたと我に返り考える。

（いや、でも実際は会いに来てるわけだし……あれかな。これはロマンチックな言い回しで『会いに来た』っていう意味で、現実でどうこうって話じゃないのかな）

芽衣子はごくりと息をのみ、それからおそるおそる口を開いた。

「……違わ、ないです」

「よかった」

尊はほっとしたように息を吐き、それから芽衣子の顎先をすくうように上げて唇を押しつける。

「っ……」

突然唇を奪われて、体がビクッと震えた。

「君を愛したくてたまらなかった」

唇から漏れる彼の吐息が、芽衣子の肌の上を滑る。尊の甘く低い声に全身が蕩けるような感覚に包まれる。

「もう、いいだろ？　今は一分一秒が惜しい」

耳の中に注がれる声は、もはや官能に近い。

「あ……」

彼の燃えるような熱い眼差しに、芽衣子の体は急に渇きを覚えた。

この飢えを癒やせるのは尊しかいない。

たとえ未来がなくとも、手を伸ばさずにはいられないのだ。

（私って、私って、どうしてこんなに意志が弱いの～！）

甘く情熱的な時間を過ごしたキングサイズのベッドの中、背後から尊に抱きしめられたまま、芽衣子はひとりギギギと奥歯をかみしめていた。

豪奢なベッドルームはリビングと繋がっていて、二方向に窓があり窓の外は大阪の夜景が広がっている。ベイエリアを望む風景は、昼間に見ればきっと見事だろう。

だが芽衣子はこの部屋に連れ込まれてすぐ、尊とベッドに直行してしまったので、景色を楽しむ暇もなかった。

（いやこれもひとえに尊さんが素敵すぎるから……私は悪くない……悪くない！）

そうやって自分を必死に慰めていると、

「どうした？」

尊が上半身を起こし、顔を覗き込んできた。

「あ、いえ……なんでも」

「そうか」

眼鏡を外した裸の彼は、まるで絵画に描かれる神話の神のように美しい。無駄のない筋肉やたくましい首筋についい目がいってしまう。

黒髪もハラハラと額に落ちていて、こうやってみると年齢よりもずいぶん若く見えた。

家にいるときの彼がまったくリラックスしていないというわけではないのだが、裸で抱き合うことによって、壁も隔たりも感じなくなるのかもしれない。

これが本来の尊の姿なのだ。

（妻である私が知らない顔……）

そう思うと、なんだか少し悲しくなってくる。

「こっちを向いて。俺に背中を向けないでくれ」

尊は優しい声でそうささやき、芽衣子の肩をつかんで上を向かせると、上にのしかかってきた。両肘を芽衣子の顔の横に突き、柔らかな黒髪に手を入れて指にくるくると絡ませる。

結い上げていたはずの髪は、気がつけば彼の手によってイタリア製の上等なシーツの上に散らばるように広げられてしまった。

こちらを見下ろす尊はひどく満足そうだ。

すごく大事にされているとわかるが、同時に複雑な思いも込み上げてくる。

(つい己の欲望に負けてベッドに入ってしまったけど、私は清算しに来たのよ。尊さんに浮気させるつもりで、わざわざ大阪まで来たんじゃないわ!)

芽衣子はぎゅっと唇を引き結び、蕩けるような目でこちらを見下ろしてくる尊を見つめ返す。

「あ……あの」

「ん?」

「あの……」

芽衣子は震える手を伸ばし、自分の髪に触れる尊の左手に指を這わせた。プラチナリングをなぞりながら、彼を見上げる。

「あなたには奥さんが、いますよね？」

するとと彼は、少し目を見開いてパチパチさせたあと、こくりとうなずいた。

「ああ。世界で一番かわいい妻がいるな」

「っ!?」

だが思わぬ返答に、芽衣子はぎょっとしてしまった。

結婚していることを浮気相手に指摘されて、悪びれた様子もなく肯定するとは思わなかったのだ。

しかも『世界で一番かわいい』ときた。

妻は自分だが、彼が口にした妻は果たして自分のことなのだろうか。

尊は驚く芽衣子とは真逆に、ニコニコと微笑んでいた。

（い、いや、私が尊さんに浮気させてるんだから、私のせいといえば私のせいなんだけど……！）

目をぱちくりさせる芽衣子に向かって、彼は相変わらず微笑みながら顔を近づけてくる。

「どうして驚くんだ」

「だ、だって……信じられないっていうか……」

「信じられない？」

尊が不思議そうに軽く首をかしげる。

「そうですよっ……！」

ふつふつと込み上げてくる怒りと、焦りと、そういえば大阪には浮気相手の自分ではなく、妻である自分との関係を進めるために来たのだと思い出し、芽衣子はしどろもどろになりながらも、彼を見上げた。

「本当にかわいいと思ってるんだったら、普段から奥さんと、デートとか、デートとか、するべきだと思いますけど！」

「デート……？」

尊が驚いたようにつぶやく。

「そうです、夫婦にはデートが必要だと思います！」

見合いから結婚、そして結婚生活までずっと駆け足で、休日にデートらしいデートをしたことは一度もなかった。

結局彼は休日に家にいても仕事をする人だったので、余計自分からは言えなかったのだ。

だが芽衣子は彼に恋をするひとりの妻である。

（デートしたい……デートしたいっ！）

目に力を込めて、尊をまっすぐに見つめる。

念じるように心の中で唱えていると、

「なるほど。確かにそうだな」

尊は一瞬真顔になったあと、合点がいったと言わんばかりにうなずく。

「帰ったら、さっそくデートに誘おう」

（えっ、ほんとに⁉）

それを聞いた芽衣子の胸は喜びで激しく高鳴った。

彼に対する愛情が勝り、つい身をゆだねてしまったが、どうやら芽衣子が考えていた作戦はなぜかうまくいったようだ。

（よかった～！　寝てしまったのはまずかったけど、よかった～！）

内心、ホッと胸を撫で下ろしていると、尊はクスッと笑ったあと、鼻の先をちょん、と芽衣子の鼻先に押しつける。

「ところで俺の奥さんは、デートを受けてくれるかな？」

その声色は、どこかいたずらを考えている少年のようなあどけなさがある。楽しそうで、ワクワクしているような雰囲気だ。

彼の問いかけに、芽衣子は少しだけ不思議に思いながらも、こくこくと真剣にうなずいた。

「そ、それは勿論、受けると思います、よ。……断るはずないです」

芽衣子がそう答えると、尊はその黒い瞳をキラキラと輝かせながら、蕩けるような甘い声でささやく。

「よかった。ありがとう」

そして尊は優しく、小鳥がついばむようなかわいらしいキスを、額や頬に落としていく。

「あ……」

直ちにふたりの間に甘やかな空気が満ちていく。

「もう一回、いいか?」

いいか、と尋ねながらも彼の指や唇は、ピアノでも奏でるかのように芽衣子の肌の上をすべっていった。

これがたとえ偽りの愛情だとしても、彼から与えられるキスに芽衣子は胸をときめかせてしまう。

駄目、だなんてとても言えなかった。

（でもありがとう、だなんて……）

他人を装っている自分に言う資格はないとわかっているのに、拒めない。

芽衣子はまた尊との甘やかで濃密な時間に、うっとりと身を任せてしまうのだった。


翌朝、トーストのいい匂いに目を覚ますと、リビングで尊がネクタイを締めている姿が目に入った。

（あ、尊さん……もう起きてる……？）

時刻を確認しようと、ベッドの上にあるはずの目覚まし時計に手を伸ばしたが、芽衣子の手は宙をさまようばかりでなにもつかめない。

（あれ……？）

おかしいな、と首をひねった次の瞬間、ハッとした。

半分開けられたカーテンからはさんさんと太陽の光が差し込んで、部屋の中を明るく照らしている。

ここは東京の自宅ではない、尊と昨晩一夜を過ごした大阪のホテルだ。

（やば、寝過ごした！）

新幹線移動で疲れたのと、二度目だということで緊張の糸が緩んだせいかもしれない。

本当は前回同様、適当なところでこっそりとベッドを抜け出し、別のビジネスホテルに宿泊して、朝一番の新幹線で帰る予定だったのだ。

（どうしよう……）

さすがに日中、しかも裸の状態で顔を見合わせたら芽衣子だとバレてしまう気がする。そうなったら、芽衣子は春を待たずして離婚を言い渡されるだろう。

（大変だ！）

芽衣子は急いで毛布を頭までかぶりながら体を丸め、息をひそめる。

（私は冬眠中の熊……熊っ！）

気づかれたくなくて、必死に自分に言い聞かせていると、足音が近づいてきて、ベッドがきしんだ。

「急にまん丸になってどうしたんだ？」

どうやら尊が枕元に腰を下ろしたようだ。毛布に触れる感触があって、慌てて芽衣子は内側からさらに毛布を引き寄せる。

「だっ、だめですっ……！」

「どうして？」

どうしてもこうしても、顔を見られたら芽衣子だとバレてしまうから絶対に無理なのだが、尊は上半身で覆いかぶさるようにして毛布越しに耳元でささやく。

「そんな意地悪を言わないでくれ。考えてみたら、暗いところでしか君に触れていない。日の光の中で、かわいい顔を見たいんだ」

尊の甘い声は芽衣子に効く。

耳元でささやかれるだけで、途端に芽衣子の全身が彼を心から求め始めてしまう。

彼が望むことはなんでもしてあげたくなる。

一瞬指が緩んだが、慌てて毛布を強く握りしめた。

（でも、でもっ、これぱっかりはだめなの～！）

せっかくデートの約束を取りつけたのだ。ここですべてを無に帰すわけにはいかない。

芽衣子は一生懸命に脳をフル回転させ、言い訳を絞り出していた。

「ねっ……寝癖がひどいからいやなんですっ……見られたくないの！」

「――」

我ながら稚拙な言い訳すぎると思ったが、ほかに思いつかなかった。

やや間して、毛布越しにクスクスと笑う声が聞こえる。

「そうか。君は寝癖がついていてもかわいいと思うんだが……。気にしているのなら、無理強いはやめよう」

そしてぽんぽん、と腰のあたりを手のひらで叩く。

「ところで『次』はいつあるんだろうか」

『次』

その言葉を聞いた途端、芽衣子の心臓は跳ねた。

三度目の『浮気』のお誘いだ。

(とうとう来たわ……！)

芽衣子はごくりと唾を飲み込んだあと、ゆっくりと口を開く。

「次はないの」

「――ない？」

毛布越しの声ではあるが、少し戸惑っているように感じた。どんな表情をしているか気になったが、顔を出すわけにはいかない。

芽衣子はぐっと表情を引きしめ、言葉を続ける。

「奥様を大事にしてほしいの……奥様はきっと、あなたのことが大好きで、すごく好きだから……その気持ちに応えてほしいの……」

本当は彼の目を見て『好き』と言いたい。

だが今、自分は浮気相手である『めーちゃんB』だ。体を重ねておいて、偽りの自分で気持ちを打ち明けるのは抵抗がある。

「だから、私とのことは、全部忘れてくれる？」

芽衣子は震える声で、そう伝えた。

東京での初夜のことも、二回目の大阪の夜も、妻である芽衣子を差し置いての出来事だ。

そうじゃない。妻である芽衣子を愛してほしい。

だが——。

尊が口にした言葉は、芽衣子の期待に応えるものではなかった。

「いいや、忘れない」

「え……？」

「俺は君と過ごした『はじめての夜』を一生忘れないだろう」

そして毛布越しではあるが、尊は芽衣子の体の上にのしかかり、こめかみのあたりにキスをしたのだ。

まるで、最愛の恋人にするかのように——。

（一生忘れないなんて、そんな……）

その瞬間、芽衣子の胸の真ん中に、大きな穴が開いたような気がした。

そしてその穴を、ひんやりと冷たい風が吹き抜けていく。

言葉を失い、黙り込んだ芽衣子をよそに、

「――さて」

尊はぎしっと音を立ててベッドから立ち上がると、

「ルームサービスで朝食を用意してもらった。君はレイトチェックアウトまで、ゆっくり過ごすといい。では仕事に行ってくるよ」

そしてまた思い出したように「それにしても……寝癖か」とふふっと笑って、部屋を出ていってしまった。

バタン、とドアが閉まる音が聞こえる。

（尊さん、お仕事に行っちゃった……）

本当はいつものように『いってらっしゃい』と言いたかった。

だが今ここにいる芽衣子は、妻の芽衣子ではない。自分で自分に気遣うのもなんだが、それはやはり妻である芽衣子だけの特権だ。

「なんで……」

芽衣子はもそもそと毛布の中から這い出して素肌の上にガウンを羽織ると、窓際にセッティングされたテーブルへと向かった。

「……きれい」

真っ白なテーブルクロスがかけられたテーブルの上には、オレンジ、リンゴ、トマトなどのフレッシュジュースがたっぷりと入ったピッチャーに、クロワッサンやデニッシュなどのパンの盛り合わせ、ハムやチーズ、海老がたっぷり添えられたグリーンサラダが並べられている。

さらに手紙がついていて、メインの卵メニューが選べると書いてあった。

考えてみたら、昨晩からなにも食べていない。当然、おなかはペコペコだ。

だが芽衣子はその美しい、贅を尽くした食事を見ても、なかなか手が伸びなかった。

（だってこれ、私のための食事じゃないもん……）

これは『めーちゃんB』のために尊が用意したものだ。

「一生忘れないって……なんでよ、ばかぁ……」

芽衣子の大きな瞳に、みるみるうちに水の膜が張っていく。

夫は妻を抱かずに、浮気相手と夢のような時間を過ごし、それをこれから先も大事に思っていると思うと、胸がズタズタに切り裂かれそうになった。

「うぅ……」

瞬きをすると涙が零れ落ちそうになった芽衣子だが、慌ててテーブルの上のナプキンで目元をぬぐう。

すうはあ、と何度も大きく深呼吸を繰り返し、それから唇をぎゅっと引き結んで、デニッシュに手を伸ばす。

尊が悪いわけではない。もとは自分が蒔いた種だ。

こんなことで泣きたくないし、諦めたくない。

「食べ物に罪はないしっ……食べてやるっ……！」

そうだ。泣いて感傷に浸るなど自分らしくない。

尊とデートのチャンスはある。食べてパワーを得て、また頑張るのだ。

芽衣子はすんすんと鼻を鳴らしながら、せっせとパンやフルーツを口に運んだのだった。

一方、尊は部屋を出たところでコンシェルジェを呼びよせていた。

「妻は甘いものが大好きなんだ。食事が終わったらデザートを出してほしい。フルーツがたっぷりのったタルトがいい。あとブラックコーヒーは飲めないので、甘いカフェオレを頼む」

「畏まりました」

丁寧に頭を下げるコンシェルジェに「よろしく」と微笑みかけ、尊はエレベーターに乗り込んだ。

（本当に、かわいかったな……）

芽衣子のことを思うと、年甲斐もなく胸が弾む。

尊に抱かれている間、芽衣子は女の顔をしているが、眠っているときはいつもの芽衣子だ。たとえいつもより大人っぽいメイクやファッションをしたとしても、とたんに愛らしいいつもの芽衣子に戻ってしまう。

今朝だって、尊にしっかりとしがみついて眠っていた芽衣子は、実にあどけない顔をしていた。

すりすりと尊の鎖骨のあたりにおでこを押しつけて、「尊さん、大好きぃ……」と寝言を言いながら幸せそうに眠っていた。

結婚してからずっと、彼女より早く起きて芽衣子の寝顔を見るのを楽しみにしていたのだが、まさかこんな至近距離で、寝顔を堪能できる日が来るとは思わなかった。

(芽衣子さんのまつ毛は、びっしりと形よく生えていて、きれいなんだよな……)

ひさしのように濃いので、彼女が目を伏せるとなんだかお人形さんを見ているような気分になる。

本当に、彼女のつま先から髪の先まで、なにからなにまで愛しくてたまらない。

(それにしても、デートに誘ってほしいと思っていたなんて、考えもしなかったな)

今までは距離を取らなければならないと必死だったから仕方ないのだが、彼女を寂しがらせていたのかと思うと、己の不甲斐なさに腹が立つ。

だが芽衣子が勇気を振り絞って自分にぶつかってきてくれたおかげで、尊は目が覚めた。

彼女のためを思って——なんて勝手に身を引こうとしていた自分だが、これからは妻である芽衣子を大事にし、そして愛するのだ。

最初はふたつの顔を使い分けようとする芽衣子の意図がわからなかったが、

『奥様を大事にしてほしいの……奥様はきっと、あなたのことが大好きで、すごく好きだから……その気持ちにこたえてほしいの……』

そう震えながら本心を打ち明ける芽衣子の姿に、彼女が本当に伝えたいことは、これだったのだと気がついた。

もう次はないと言われたときは一瞬ドキッとしたが、要するにあのカサブランカのように美しい姿にはもうならない、ということなのだろう。

(本当は背伸びをして、無理をしていたんだな……申し訳なかった)

尊にとってはどちらも芽衣子で愛おしい存在だが、ホテルに現れる芽衣子はいつも輝くような光を放っていて、他人の気を引きすぎる。

昨晩も、彼女がホテルのロビーに姿を現した瞬間、男たちの目が途端に集まっていくのを感じて、尊は非常に焦ったものだ。

芽衣子が自分のために着飾ってくれたのだと思うと、浮かれてしまうが、やはり無理はよくない。彼女がしたいように、自然なかたちで自分を愛してくれたら、それでいいのだ。

(とりあえず、帰ったらさっそくデートに誘おう)

芽衣子の『断るはずないです』という発言は、尊を浮かれさせるのに十分な力を持っていた。

新大阪のホテルを出た芽衣子が、東京の自宅に戻ったのは午後四時前だった。

「はぁ、疲れたぁ……」

なによりも先にバスタブにお湯をため、お気に入りの入浴剤を入れてゆっくりと浸かる。膝を抱えてホテルでのことを思い出すと、今でも夢を見ていたような気分になる。

(それにしても、五つ星ホテルってサービスがすごいんだなぁ……。まるで私の好みを知り尽くしているみたいに、デザートやカフェオレが出てきたし)

いったいどういう魔法を使ったのかと不思議になってくるが、最高のサービスというのはそういうものなのかもしれない。

ふと、何気なく鏡を見ると、体のあちこちに残る尊が口づけた痕が目に入る。

(尊さんのえっち……いや、私もだけど……)

芽衣子は鼻までぶくぶくと湯船に体を沈め、膝を抱え込んだ。

ふとした拍子に、彼との甘い夜の時間を思い出してしまう。

彼に抱かれている間、芽衣子は無我夢中だった。尊もそうだったと思う。何度も口づけながら芽衣子を貫き、抱きしめてくれた。

尊に愛されていると思うと身も心も蕩けそうになる。許されるなら、永遠にああやって愛されていたい。

（でも、あの姿で尊さんとそういうことをするのは、もう終わりなんだから……！）

芽衣子は妻として尊と愛し合いたい。そのために自分は大阪まで『浮気』をしに行ったのだ。

会わないことも告げたし、妻とデートをするべきだということも伝えた。

尊は『めーちゃんB』との思い出は忘れないと言ったが、最後まで引きとめることはしなかった。

（もしかして、慣れてる……？　他にもそういう女性との関係がある？）

結局尊は『めーちゃんB』の名前も聞かず、連絡先も聞かなかった。

あれほど情熱的な夜を過ごしておいて、だ。

一周周って、手慣れすぎている気がして、胸がキリキリと痛くなったが、乳白色のお湯をバシャバシャと顔にかけてぶるぶると頭を振った。

「余計なこと考えるのはとりあえずやめっ……！」

一度悪い方向に思考が向くと、落とし穴にはまりそうだ。根が楽観的な芽衣子でも、たまには落ち込むことがある。

（きっと疲れてるのね……）

お風呂を出たあとにスマホを見ると、尊から『今から帰る』というメッセージが届いていた。一時間ほど前の連絡なので、おそらくあと二時間くらいで自宅に戻ってくるはずだ。

「よし、とりあえずごはんの準備をしよう……！」

仕事から疲れて帰ってくるのだから、落ち着くメニューがいいだろう。

芽衣子は張り切ってキッチンへと向かう。

そして二時間後、ガチャリとマンションのドアが開く音がした。

（あっ、帰ってきた……！）

リビングで編み物の本を読んでいた芽衣子は、急いで尊を迎えに行く。

「尊さん、お帰りなさい」

「ああ、ただいま」

「お疲れでしょう。豚汁をたくさん作りましたからね」

凝った料理も考えたが、やはり白飯と味噌の組み合わせが一番ホッとできるはずだ。

「それはいいな。風呂上がりにいただこう」

尊の返事を聞きながら、芽衣子は内心ホッとする。

（大丈夫、私ちゃんと自然に振る舞えてるよね？）

そう思った次の瞬間――。

尊は芽衣子の姿を見て眼鏡の奥の目をかすかに細めると、出張に持っていったボストンバッグを足元に置いて、そのまま芽衣子の肩に手を乗せ、引き寄せていた。

「ひゃっ……！」

彼が自分の意志で芽衣子を抱き寄せるなんて、こんなことをされたのは初めてだった。

驚いて顔を上げると、尊が優しい表情のままこつん、と芽衣子と額を合わせる。

「さっそくなんだが、週末、君をデートに誘おうと思っているんだが、どうだろう」

「でっ……」

「今まで忙しさにかまけて、そういったことに気づけなくて本当にすまなかった。どうかな？」

デートに誘われることはわかっていた。

そう尊に提案したのは自分だ。

だが実際、こうやって言われると、心臓はバクバクするし耳や頬にどんどん熱が集まって、息が止まりそうになる。

彼が事故でもなんでもなく、妻である自分を抱きしめていると思うと、幸せで嬉しくて涙が出そうになった。

「芽衣子さん、返事は？」

彼が甘い声でささやくと、ミントの香りがする。

このまま芽衣子が背伸びをすれば、唇が届きそうな距離だ。

（キス、しちゃいそう……したい、な……）

そんなことを思いながら、尊の目を見つめた。

「は……はい。デート、します。嬉しいです……すごく」

彼の黒い目は澄んでいた。大人の男なのに少年のような美しい瞳をしている。見ているだけで吸い込まれそうになる。

震えながらうなずくと、尊はほっとしたように微笑んで、肩に置いていた手も顔も離してしまった。

「よかった。じゃあ週末を楽しみにしている」

そして尊はまたボストンバッグを持ち上げて、二階の自分の部屋へと上がって行ってしまった。

「はぁ……」

興奮しすぎたせいか、ヘトヘトになってしまった。

芽衣子は深く息を吐き、そのまま廊下の壁にもたれかかっていた。

たぶん今の自分は耳まで真っ赤だろう。全身が燃えるように熱かった。

芽衣子はぷるぷると震えながら、ぐっとこぶしを握る。

「やった……やったぞっ……」

なんだかんだで二度ほど失敗してしまったが、ようやく芽衣子は妻として彼とデートできるのだ。

にまにまと緩む頬を引きしめつつ、鍋一杯に作った豚汁を温めにキッチンへと戻るのだった。

五話　実家に帰らせていただきます

デートに着ていく服は、翌日に相当な気合を入れて買いに行った。

今回は変身する必要もないので、いつもの芽衣子に合わせた服なのだが、クローゼットに入っている服は尊も知っているので、新調したかった。

百貨店や商業施設をいくつか回って、薄手の白いツインニットと淡いピンクのレースのタイトスカートを購入した。

タイトスカートを選んだことで、いつもよりちょっぴり大人っぽく見えるのではと、自分なりに考えたスタイルである。髪はハーフアップにして、出かけるつもりだ。

（尊さんが素敵すぎるからなぁ……）

旦那様は大好きだが、隣を並んで歩くとなったらやはり緊張してしまう。

朔太郎の手を借りての大変身とまではいかなくとも、とにかく不釣り合いだと思われたくない。

芽衣子は買った服をクローゼットに仕舞い込みながら、下着はどうしようかと考えていた。

（やっぱりお気に入りのをつけるべき？）

デート初日でそういう雰囲気になるとはとても思えないのだが、どうしても期待してしまう。

もしかしたら、もしかして、ムフフな展開になるかもしれない。

（だって、私は奥さんだもん……！）

浮気相手である『めーちゃんB』に負けてなるものか、だ。


そして迎えた土曜日の朝。身支度を整えてリビングに下りると、すでに尊の姿はなかった。どうやらもう家を出たらしい。

芽衣子は尊と『待ち合わせ』がしたかったので、今日のデートは現地集合をお願いしていた。

彼は芽衣子のお願いを聞いて何度か目をぱちくりさせたが「わかった」とうなずいてくれた。普段乗っている尊の銀色の高級スポーツカーは、今回はお留守番だ。

「よし、私も行かなきゃ……！」

急ぎ足でマンションを出て駅へと向かう。

同じ駅にもしかしたら尊の姿があるかと探したが、ホームにはいなかった。彼はとても背が高いので、いればわかるはずだ。ひとつ前の電車に乗って行ってしまったのだろう。

待ち合わせは新宿駅の東口にしていた。

人の流れにのって改札を出て階段を上り地上出口へと向かう。改札付近は人が多いので、地上出口で待ち合わせということになった。

（ドキドキするなぁ……）

東口駅前広場は、当然土曜日の午前中ともなると、多くの人で賑わっていた。

芽衣子は広場の中央で燦然と輝く銀色のオブジェに向かって歩き始める。ステンレス素材の独特な形をしたそれには、周囲の建物がそのまま映り込んで、不思議な色を放っていた。

その少し離れたところに、頭ひとつ飛び出している男性の姿を発見して、芽衣子の心臓が跳ねる。

（いた、尊さんだ……！）

薄いカーキのダブルガーゼ素材のスリムシャツに、チャコールグレーのストレッチアンクルパンツを合わせた尊は、黒のセルフレームの眼鏡をかけて、右手に持ったスマホを眺めていた。

今日は陽気がよく、少しだけ袖口をまくっているのがまたセクシーで、ただ立っているだけで「なにかの撮影ですか?」と尋ねたくなるような雰囲気が漂っている。

(いやっ、私の旦那様、かっこよすぎ……!)

芽衣子は口元を両手で押さえながら必死に悲鳴を飲み込む。ドキドキしながら、尊の元に歩み寄ろうと歩を進めたのだが——。

「お兄さん、ひとりですか?」

なんと、彼の側にいた女性二人組が弾んだような声色で尊に近づき、彼を取り囲んでしまった。

「さっきからずっとここにいますよね~」

「待ち合わせの人来ないんですか? だったら一緒にお茶でもしませんかー?」

夫が逆ナンされている。

その現場を目撃してしまい、芽衣子の顔からサーッと血の気が引いた。

声をかけている女性二人は、芽衣子より少し年上くらいだろうか。今どきのきれいでおしゃれな二人組だ。

(たたたた、大変だ~!)

気がつけば芽衣子は慌てて人込みをかき分け、尊の前に飛び出し叫んでいた。

「すっ、すみません、その人は私の待ち合わせ相手ですっ！」

尊が驚いたように目を見開くのと、女性ふたりが芽衣子を振り返るのがほぼ同時だった。

彼女たちは芽衣子を見て、軽く目をぱちぱちさせると、

「妹さん？」

と、芽衣子と尊を見比べる。

妹——。

確かに彼とは年が離れているが、自分が年齢よりずっと幼く見えるのかもしれない。

自分なりに今日のデートは大人っぽく見えるよう、尊と少しでも釣り合いが取れるようにと、気を使ってきたのだが、どうやらそれは失敗だったようだ。

「あ……」

みるみるうちに、芽衣子の頬にカーッと熱が集まる。羞恥と、走ってきたのもあって、息が上がっていく。

（私、やっぱり尊さんに不似合いなんだ）

せっかくおしゃれをしてきたというのに、あまり効果はなかったようだ。

（なんだか泣きたい気分……）

芽衣子が戸惑いながらうつむいた次の瞬間、

「彼女は妹ではなくて、妻だ」

尊が芽衣子の肩を抱き、引き寄せていた。

驚いて彼の顔を見上げるが、尊は堂々としている。その表情にはなにひとつ後ろめたいところは見当たらない。

「これから夫婦水入らずのデートなので、失礼するよ」

そして彼は軽く目を細めてニッコリと微笑むと、芽衣子の肩を抱いたまま、その場に呆けた女性たちを置いて歩き出してしまった。

（つま……妻とデート……！）

驚きながら顔を上げると、こちらを見下ろす尊と視線がぶつかる。

「何人かに声をかけられて、場所を変えたほうがいいかとメッセージを送ったところだった」

「あ、そうだったんですね？」

持っていたバッグからスマホを取り出すと、確かに尊からメッセージが届いていた。

どうやら尊はあのふたりの前にも逆ナンされていたらしい。

（我が夫ながら、魔性のオトコすぎるのでは……？）

女性ならまだしも、男性がナンパされるなんてそうそう見たことがない。

だが妻である自分だって尊に毎日見とれているのだから、ほかの女性が尊に惹かれるのも当然だとも思う。

(でも、私たち結婚してるんだから……!)

来年の春には離婚かもしれないが、まだ芽衣子が妻だ。

堂々と彼の隣に立っていい存在だ。

(負けないもんね!)

芽衣子はキリッと表情を引きしめる。

「お待たせしてすみませんでした」

まだ約束の時間に十分ほど余裕はあったのだが、待たせたことには変わりない。

芽衣子がぺこっと頭を下げると、

「いや、僕が早く着きすぎていたんだ」

と、尊は慌てたように首を振った。

「いつからいたんですか?」

芽衣子も余裕をもって家を出たが、早く着きすぎていたという尊はいつからここに立っていたのだろうか。

疑問に思って問いかけると、

「――一時間くらい前、かな」

と、消え入りそうな声で尊が答え、芽衣子は仰天してしまった。

「い、一時間っ？　だったら私、すごくお待たせして……！」

「芽衣子さんが気にすることじゃない。普段より早く目が覚めただけだから」

尊は苦笑しつつ肩を抱いていた手を離し、それから口元を覆う。

「それで、その……楽しみで。つい勢いで家を出てしまった」

切れ長の目を細め、少しだけ口元をほころばせる尊の姿に胸がきゅん、と高鳴る。

待ち合わせをしたいと言ったのは自分なのに、尊は一時間以上早く家を出て芽衣子を待ってくれていたらしい。

「でも……」

だがこれは自分のわがままの結果だ。同時に申し訳なさで胸がつぶれそうになる。

「待ち合わせ、新鮮で楽しかったよ」

だが尊はふふっと笑う。

「でも、俺を見つけて近づいてくる君を見られなかった。それは残念だったな。また今度待ち合わせしようか」

きっと彼は、芽衣子が気に病まないよう気遣ってくれているのだ。

その瞬間、芽衣子の心の中でひらひらと蝶々が飛んだ。

くすぐったくて甘酸っぱい、彼に対する好きだという気持ちがまた風船のように膨らんでいく。

（尊さん、大好き……）

芽衣子は何度か唇を震わせたあと、

「今度からは一緒に家を出ます」

そうつぶやいて、左手を伸ばし尊の右手に触れた。

指先が触れて、心臓が震える。そこに自分の全神経が集中しているような気がする。

我ながら本当に大胆だと思う。だがどうしても彼と手を繋ぎたかったのだ。

（振り払われませんように……！）

大胆すぎる自分の行動に、芽衣子は耳まで真っ赤になってしまった。

首の後ろがそわそわするし、胸がぎゅうぎゅうと締めつけられて苦しくなる。

ドクドクと全身の血が流れている音が聞こえている気がして、もう耐えられないと思った次の瞬間、尊の大きな手がゆっくりと芽衣子の手を包み込む。

指がするりと絡み合い、しっかりと握りしめられていた。

顔を上げると、尊がこちらを見て笑っている。

ほんの少しだけ口角が上がっている。

じっと見つめると、彼の目の縁あたりがうっすらと赤い気がした。

「芽衣子さん、あまり見ないでくれるかな。穴が開きそうだから」

尊はちょっと落ち着かない様子で目を逸らす。

「すっ、すみませんっ……」

夢じゃなかろうかと凝視してしまったのがまずかったらしい。なんだか足元がふわふわするが、これは夢ではないのだ。

芽衣子は緩む頬を必死に引きしめた。


それから芽衣子と尊は、その足で映画館へと向かい、シリーズ物のホラー映画を堪能した。

約二時間を、ぎょっとしたりひえっとなったり、ビクッとなったりしながら、ストーリーに没入し、芽衣子は大満足で劇場を出たのだが——。

上映が終わったあと、映画館のロビーに設置されたベンチで、うなだれる尊の隣に腰を下ろした芽衣子は、おそるおそる夫の顔を覗き込んだ。

明らかにひどく疲れている。どれだけハードワークをこなしても顔色ひとつ変えない尊には、ありえない顔色だった。

どうしてだろうと考えて、ひとつの結論に至った。

「もしかして、尊さんこういうの苦手でした……？」

まさかと思いながら尋ねると、

「そう、だな……男として情けないかもしれないが、実はあまり得意ではなかった」

ため息をつく尊を見て、芽衣子の顔から血の気が引いていく。

道理で映画上映中、手がやたらぎゅうぎゅうと握りしめられたわけだ。

芽衣子は『あらあら尊さん、暗いからって大胆なんだから』なんて、内心うふふと喜んでいたのだが、実は違ったようだ。

（まさか尊さんがそういうの苦手な人とは思わなかったよー！）

彼はクールで、何事にも動じない芯の太い人だ。芽衣子の勝手な想像で、ホラー映画くらい、所詮作り物だからと怖がらないタイプだと思っていた。

劇場のカウンターで芽衣子が元気よく、

『死霊の内臓をくらうゴーストinマッドハウス、字幕大人二枚ください！』

と言ったあと、隣に立っていた尊から何度か『これを見たいのか？』と聞かれた気がするが、『これを見に来たんです』と力強く答えてしまった自分を殴りたい。

「あの、実は私、B級ホラー映画が大好きで……今回の作品も楽しみにしていたんです……」

芽衣子としてはデートでつまらない映画を観るほど罪深いことはなく、ここは芽衣子も大好きなシリーズなら、その後の会話も弾むだろうという算段あってのことだった。

「なるほど。ちなみにほかにはどんなものが好きなのかな」

尊がおそるおそるといったふうに尋ねる。

「えっと、ホラー以外だと、見終わったあとにどよーん、と気分が落ち込む系のサスペンスとか」

「ほう……」

「誰も救われないエンドの作品も好きですね。悲しくて」

「……」

「こういう映画は好き嫌いがあるってことは知ってたんです。でも今日見たシリョなぞシリーズは、スプラッタ要素もあるから、派手でとっつきやすいと思って……ごめんなさい」

「――」

うつむいた尊の顔色があまりよくないので、思わず彼の背中に手を伸ばし、さすっていた。

すると尊は顔を上げて、少し恥ずかしそうにはにかんだように微笑んだ。

「いや、謝ることはないんだ」

「でも……自分の好きなものを押しつけて、いやな気持ちにさせてしまいました」

大人しく恋愛ものだとか、デートムービーらしい無難な作品を選べばよかった。

しゅんとしおれる芽衣子だが、その手を尊はぎゅっと握り返す。

「俺もホラーを大画面で見るのは苦手なんだって、言えばよかったんだ。だが君に情けない男だと思われるかもしれないと思って、言えなかった。結局こうやってぐったりしてるから世話ないんだが」

尊はクスッと笑って、それから芽衣子をじっと見つめつつ芽衣子の頭を優しく撫でる。

「尊さん……」

尊に撫でられると、心がぽかぽかと温かくなる。

「僕は、芽衣子さんがホラー映画が好きだなんてまったく知らなかった。むしろ知れてよかったと思ってる。それにこういうのも、いずれ笑い話になるんじゃないか？」

そう言う尊の目はとても優しくて、芽衣子を責める気配はひとつもなかった。

いずれ——。

来年の春に別れようと思っている妻へのセリフだと思うと少し切ないが、彼の言葉は芽衣子をそっと包み込み、癒やしてくれる。

「はい」

芽衣子はこくりとうなずいて、次の瞬間、ハッとした。

「ちなみにその『大画面で見るのはいや』っていうのは、おうちのテレビならいいんですか？」

「はっ？」

「私、シリョなぞシリーズのブルーレイボックス持っててっ！」

もしそうなら一緒に楽しめると思ったのだが——。

それを聞いた尊は、ぷっと噴き出すと肩を揺らして笑い始める。

「た、尊さん……？」

「いや、笑ってすまない」

尊は肩を揺らしながらクスクスとひとしきり笑ったあと、一息ついて隣の芽衣子の手をそっと握る。

「そうだな。明るいリビングで君とふたりきりなら、怖くないかもしれない」

尊の言葉に、芽衣子の表情はパーッと明るくなる。

「だったら、今度おうちで上映会しましょう！　私、ピザ焼くので！」

「確かに映画にはピザだな」

「ですよねっ！　あとポップコーンも！」

尊と一緒に家でゆっくり大好きな映画を観られるなんて、最高に楽しいイベントではないか。

ぽかぽかと優しい気持ちが胸いっぱいに広がって、芽衣子がえへへと笑うと、尊もまたにっこりと笑う。

（失敗しちゃったけど、尊さんのおかげで笑えてよかった）

尊への思いがさらに強くなった気がして、芽衣子はまた嬉しくなるのだった。

映画を終えて食事でもということになり、天気もよかったのでカフェでサンドイッチや飲み物をテイクアウトして新宿御苑（しんじゅくぎょえん）へと向かうことになった。

入場料を支払い広い園内へと入る。

秋晴れの土曜日で、園内はカップルや家族連れでにぎわっていた。だが園内は広いので、それほど混んでいるという感じはしない。

「もしかしたらと思って、レジャーシート持ってきたんです」

ある程度広がった場所に出て、芽衣子はバッグから折りたたんだシートを取り出し、芝生の上に広げる。

尊が反対側を持ってきれいに広げてくれて、ふたりでシートの上に並んで腰を下ろした。

「いただきます」

貰ったペーパーナプキンで手を拭き、色とりどりの野菜とチキンが挟まれた大きなサンドイッチにかぶりつくと、口の中一杯に野菜の甘みが広がる。

隣の尊も、同じようにサンドイッチを口に運んでいた。

(サンドイッチ食べてるだけなのに、カッコいいなぁ……)

軽く両ひざを立てて、もぐもぐしている尊の横顔はひどく端整で、なんだか胸がくすぐったくなる。

「青空の下で食べるお弁当って、どうしてこんなにおいしく感じるんでしょうね」

「ああ、そうだな」

サンドイッチを食べ終えて、ふたりでぼんやりと空を見上げる。秋の空らしい青に、サッと刷毛でぬったような白い雲がうっすらとかかっているのを眺めていると、自分という個を忘れて、ぼうっとしてしまう。

（昨日は緊張してすぐに眠れなかったから……）

急激に押し寄せてくる睡眠欲と、頬を撫でるさわやかな風に芽衣子がウトウトしていると、隣の尊がふっと笑って顔を覗き込んできた。

「少し目を閉じたらいい」

「えっ、でも……」

さすがにデートで寝てしまうのはどうだろう。

慌ててぶんぶんと首を振ると、尊が芽衣子の肩を抱き引き寄せる。

「いいから」

気がつけば、頭が尊の膝の上に乗せられていた。

「おやすみ」

尊の低い声と共に、芽衣子の頭が優しく撫でられる。

（ああ……そんなことされたら、私……）

魔法でもかけられたかのように芽衣子はゆっくりと目を閉じ、尊の手のひらのぬくもりに身を任せるのだった。

最初は緊張していた芽衣子の体から力が抜けていくのを見て、尊はほっと息を漏らす。

「かわいいな」

膝の上に頭を乗せ、体をくの字にしてすやすやと眠る芽衣子は、やはりいつものようにあどけない顔をしていた。

いきなりホラー映画を観ようと言われたときは驚いたが、彼女の趣味もまったく知らなかったことを思うと、これでよかったと思う。

(そうか……俺は芽衣子さんのことをなんにも知らないんだ)

彼女の好きなものや、嫌いなもの。

なにを大事にして生きているのか。

結婚してからの半年、尊は意図して彼女の中に踏み込もうとしなかった。情けないが、知ればもっと好きになりそうな気がして、怖かったというのもある。

だが彼女が勇気を振り絞ってくれたおかげで、こうやって少しずつ夫婦らしく肩を並べて歩ける。

（俺の膝で寝てくれるなんて、これは信頼してくれている証拠だと思ってもいいのだろうか……いいんだよな？）

尊を知る人が見れば驚くに違いない、蕩けるような甘い眼差しで、尊は最愛の妻である芽衣子を優しく見つめていた。

（それにしても……いつから芽衣子さんを普通に抱けるんだろう……今晩から、アリなのか？）

考えるだけでそわそわしてしまう。

尊は毎晩芽衣子を腕に抱いて眠りたいと思っている。なんとか必死にこらえているが、そろそろ我慢の限界だ。

とにかく尊は芽衣子に嫌われたくない。

彼女にその気がないのに強引に迫ったら、引かれてしまうのではないかと思うと勇気が出ない。

尊は基本的にドライな男だ。所詮他人は他人だと割り切っているし、万人に好かれるようなタイプでもない。嫌われてもいいと思って生きてきた。

だが芽衣子は別である。

天使のように愛らしい芽衣子に嫌われたら、人間として終わりだし、これから先の人生を生きている気がしない。

彼女に愛されたい。

たったひとりの男として愛されたい。

身も心も――全部。

（芽衣子さん……芽衣子……）

そうっと指で彼女の髪をかき上げると、木漏れ日が彼女の頬にキラキラと降り注ぎながら、複雑な模様を作る。

なにかとても貴重で、美しいものを手の中に収めているような気がして、尊は芽衣子から一瞬たりとも目を離すことができなかった。

それから十分程度で、芽衣子がふと目を覚ます。

「あっ……ぐっすり眠ってしまって……」

「大丈夫、十分程度だ」

体を起こした芽衣子は慌てふためいていたが、尊は軽く笑って首を振った。

「あ、そうなんですね」

芽衣子は頬にかかる髪を指で耳にかき上げながら、ホッとしたように微笑む。

(本当はもっと君の顔を見つめていたかったが……)

だがこうやって過ごせるふたりの時間も、何物にも代えがたい。

それにデートはまだ始まったばかりだ。

「園内の秋の薔薇がきれいに咲き始めた頃だ。見に行かないか?」

手を差し出すと、

「は、はいっ」

彼女は瞳をキラキラと輝かせながら、尊の手を取ってくれた。

新宿御苑を小一時間ほど散歩している間も、尊は浮かれていた。

(これはもう普通に夫婦だと思ってもいいのでは?)

人目がなければ普通にニヤニヤしていたはずだ。必死に頬を引きしめていたところで、芽衣子が「あっ」と声を上げる。

「どうした?」

隣を歩く彼女の顔を覗き込むと、芽衣子が少し照れたように微笑んで遠くを指さした。

「大学の友人がいたんです」

「めーちゃ～ん！」

芽衣子の返事よりも早く、遠くからやたらきれいな男が駆け寄ってくるのが見えた。

ネイビーカラーのロングカーディガンに白のカットソー、ワイドパンツ姿のその青年は、にこにこと微笑みながら芽衣子の元に駆け寄ってきて、それから隣の尊を見上げる。

「こんにちは、めーちゃんの大学の友人で、牧村朔太郎といいます」

「小野寺です」

こちらを見つめる牧村という青年の、ネコのような大きな目には、どこか強い光が宿っていて、一瞬たじろいでしまった。

理由はわからないが、どことなく彼からの視線に悪意を感じたのだ。

（初対面の芽衣子の友人に責められるようなことは……してないな）

おそらく気のせいだろう。若い男というのはえてしてこういうものだ。

そして朔太郎は、親しげに芽衣子の耳元に顔を近づけて何事かをささやく。

（近い……）

その瞬間、胸がざわめいた。

一方、芽衣子は彼のささやきに軽く目を見開くと、

「あの、尊さんちょっと友人と話してきていいですか？」

軽く首をかしげつつ尊を振り返った。

「あ、ああ……」

小さくうなずくと、それを見た芽衣子は朔太郎と微笑み合い、それから跳ねるように少し離れたところまで駆け出していく。

相当に仲がいい相手なのだろう。彼女の手が朔太郎の肩に触れ、芽衣子がはしゃいだようになにかをささやき、見つめ合い、楽しそうに笑う。

――ズキッ。

胸が締めつけられたように苦しくなる。

（なんだ？）

痛みの理由がよくわからない。

ただ頭の中でチリチリと、火花が散るような音が響いているのを尊は感じていた。

尊と新宿御苑を歩いていたとき、遠目に朔太郎が歩いているのが見えた。友人なのか恋人なのかはわからないが、きれいな女性と肩を並べて歩いている。

先に気づいたのは朔太郎だった、芽衣子を見て、ぴっと手を上げる。

「あっ」

思わず声が出てしまった。場所は離れているが、あれほどの美形を見間違えるはずがない。

芽衣子も胸の前で小さく手を振り返すと、朔太郎は一緒にいる女性に断ってから、こちらに駆け寄ってきた。

尊に自己紹介をしたあと、朔太郎が芽衣子の耳に顔を近づけてささやく。

「めーちゃん、ちょっと話できる？」

一瞬迷ったが、ちょっと、だと言っている親友の言葉をむげにすることはできない。

「うん」

尊に一言断って、その場からふたりで離れた。

それにしても、まさかデート現場を親友に見られるとは思わなかった。そわそわするし、くすぐったい気分だ。

今にも叫び出したい気持ちを抑えながら、彼に向かってささやく。

「ねえねえサクちゃん、私の旦那様素敵でしょっ？」

「まぁ、想像よりはマシだったかもね～」

はしゃぐ芽衣子をよそに、朔太郎が斜に構えるような雰囲気で肩をすくめる。

「もう、サクちゃんったら……マシってなによ」

尊ほどの男がそうそういるはずがない。なにより芽衣子にとって、尊は世界一の旦那様だ。

笑いながら彼の肩を叩くと、朔太郎は軽く唇を尖らせて苦笑した。

「ごめんごめん。男に対して悪くないっていうのは、僕としては結構いい評価だよ。ぶっちゃけ、めーちゃんの旦那さんがあんまりブスだったら、もう離婚しなよって言おうかと思ってたし」

「ブスって……」

「いや、顔は大事。顔が好みだったらたいがいのことは許せるし」

どこまで本気なのかはわからないが、朔太郎はそんなことを言って両手をポケットに突っ込むと、軽く首をかしげる。

「まぁ、めーちゃんをお嫁さんにもらうくらいの男なんだから、そんじょそこらにいそうな男では困るんだけど。でも上等すぎてあれだね。女には困らなさそー」

軽い調子ではあるが、朔太郎の言葉に、ふと彼が逆ナンされていた姿を思い出してしまった。そして『めーちゃんB』とあれだけ濃密な夜を過ごしておきながら、その後一切連絡を取ろうとしなかったことも――。

尊はただ立っているだけでも、目立つ。朔太郎の言う通り、尊は『女性に困らない』だろう。

(……っていうか……やっぱり、尊さんって遊び慣れてるのかな)

考えまいと頭を切り替えていたはずなのに、どうしても気になってしまう。

結婚してから約半年、彼は芽衣子には指一本触れなかった。

『大事にされている』からと自分に言い訳していたが、そうではなかった。尊は最初から自分と結婚生活を続ける気はなかったのだ。

それを知って芽衣子は朔太郎の手を借りて美女に変身し、体の関係を持つことで、離婚を拒否しようとしたという流れがある。

だが尊は自分を妻の芽衣子だと気づかず、抱いてしまった。

一度ならずとも、二度まで。

(やっぱり、結婚してからもそういう経験があるってこと……?)

朔太郎は芽衣子とのことを『浮気』と言ったが、結婚生活中にその『浮気』がまったくなかったとは、いいきれない。

むしろ健康な男性なのだから、あって当然なのかもしれない。

（尊さんは今……『めーちゃんB』以外にも、そういう女性が……いるのかな）

その可能性が非常に高いと気づいた芽衣子は、一瞬にして気が遠くなった。

自分の足で立っているのに、ぐずぐずと地面が溶けるような感覚を覚え、目の前が真っ白になり、一瞬で胸がふさぐ。

なにより、自分とこれから先、デートをしたり体を重ねたとして、尊がまたよそで浮気をしないとも限らないではないか。

当社比で圧倒的に美女だった『めーちゃんB』ですら、それほど執着を残さなかった尊だ。変身前の『たんぽぽの綿毛』のような自分ひとりで満足するとは、とても思えなかった。

（そうよ……私、どうして考えられなかったんだろう）

脳内をぐるぐるさせている芽衣子をよそに、

「そういや今日がデートの日だったたっけ？」

と、朔太郎が元気よく問う。

「あ……うん、そうなの。ね、変じゃない？」

朔太郎の目線を受けて、芽衣子は一瞬呆けていた自分を反省しながら、緊張したように居住まいをただす。

彼の視線が頭のてっぺんからつま先を移動して、うんうんとうなずいた。

「いいじゃん。でも髪がちょっとほつれてるよ」

「えっ、うそ」

尊の膝枕で転寝(うたたね)してしまったせいだろうか。

朔太郎の指摘を受けて芽衣子が手を耳の後ろにやると、

「ああ、ちょっと待って。触らないで。僕がなおしてあげるから」

朔太郎がにっこりと微笑んで、芽衣子の背後に回って手を伸ばす、その瞬間——。

「——あ」

朔太郎が驚いたように声を上げる。

どうしたのかと振り返ると、離れた場所で待っていたはずの尊が、なぜか強張った表情で朔太郎の腕をつかんでいた。

「尊さん？」

いったいどうしたのかと芽衣子が目をぱちくりさせると同時に、尊はハッとしたように眼鏡の奥の瞳を見開き、朔太郎をつかんでいた手を離して芽衣子の手を握る。

「すまない、急ぐので失礼する」

「え?」

いったいなんのために急ぐのだろう。

「あの……?」

芽衣子の戸惑いを無視したまま、尊は無言で芽衣子の手を引き、歩き始める。

「ちょっ、ちょっと尊さん? 私、まだ——」

芽衣子は朔太郎を振り返り、また尊の顔を見上げたが、背の高い彼に引きずられるように歩いていると、彼がどんな表情をしているのか確認することはできなかった。

新宿御苑を出てすぐに、尊は芽衣子をタクシーに押し込み車を発進させた。運転手には白金台の自宅の住所を少しかすれた声で告げる。

(もう帰るんだ)

本当はもう少し散歩を楽しんだあと、夕方から美術館に行ってゆっくりと名画を鑑賞しようということになっていたはずだ。夕食も尊がレストランを予約してくれている。きっと素敵な夜になるだろうと思っていた。

だからなぜこんなことになっているのか、芽衣子には想像がつかない。

だが尊がなにかにイラついて、怒っていることはわかる。こんなことは初めてだ。

（私がなにかした……？）

尊を置いて、友達と立ち話をしてしまったのがよくなかったのだろうか。

だがほんの数分だ。

尊がそんなことで腹を立てるような人だとはとても思えない。

（じゃあ、なんなの？）

ちらりと隣の尊を見たが、彼は窓の外を眺めたままなので、結局どんな表情をしているのかわからなかった。


タクシーはそれから二十分程度でマンションに到着した。支払いを済ませてふたりで部屋に戻る。百八十以上ある長身の尊の背中が今日に限って、やたら広く威圧的に見える。

じっと見ていると喉が渇いて貼りつきそうになるが、さすがにいつまでも黙ったままではいられない。

（よしっ、聞こう、聞かなくちゃ……！）

芽衣子は持っていたバッグを足元に置いて、相変わらず背中を向けたままの尊に問いかけた。

「あの、尊さん、説明してください。どうして急に――」

帰ってきたんですか、という言葉を発することはできなかった。

振り返り様、尊の腕の中に抱き寄せられて、あっと思った瞬間、芽衣子の体はリビングのソファーの上に押し倒されていたのだ。

「え？　んっ……」

芽衣子が目を見開くのと、尊が言葉を奪うように唇を重ねてくるのはほぼ同時だった。

口の中に舌がねじ込まれて両足の間に、尊の膝が割って入ってくる。

尊らしからぬ強引な口づけに、芽衣子は混乱していた。

勿論、彼とキスしたくないわけではない。いつだってキスはしたいし、くっついていたい。

だがお互いの気持ちが向き合っていない状態は絶対にいやだ。

(なんで……？)

そんな芽衣子の戸惑いをよそに、尊はどんどん先へと進んでいく。今日のデートのために選んだニットがめくり上げられる。尊の大きな手が素肌に触れ、首筋に尊の荒い息遣いが触れて、背筋が凍った。

「あ、まって……っ」

咄嗟に尊の手首をつかんで引きはがそうとした瞬間、肩口に顔をうずめていた尊が低い声でうめくような声を上げた。

「――なぜだめなんだ」

「なっ、なぜって……」

尊の言葉に芽衣子は息が止まりそうになる。

本当にわからないのだろうか。そんなはずはない。頭のいい彼が、芽衣子が今どんな気持ちなのか、わからないはずがない。

(私が困ってるの、なにかを聞きたいって思ってることも、わかってるはずだよ……)

なのにそれを誤魔化そうとしている。だとすればこれは、暴力と同じだ。

『力ずくでわからせよう』としているのだと気がついて、芽衣子は唇をわななかせた。

「――いいだろ？　俺たちは夫婦なんだから……」

尊はそう言って、暗い目でささやいた。

(夫婦……？)

身じろぎするたび、耳元でソファーのきしむ音がする。

ふたりが横たわっているイタリアデザイン界の巨匠が手掛けたソファーは、エレガントなデザインでありながらどこか控えめな雰囲気もあり、結婚を機に購入したものだ。

ショールームでのほぼ一目ぼれに近かったが、国産の新車が買えるような値段を見て『やっぱりやめましょう』と怖気づいた芽衣子に『君が安らげるリビングに必要だ』と尊は即決してくれたのだ。

芽衣子はここで尊の帰りを待つのが好きだった。

料理の本を読みながら、尊においしいものを食べさせたいと思ったり、またあるときは編み物の本を読みながら、彼にセーターを編んだらいやがられるだろうかなんて、悩んだりもした。

そして近い将来、ふたりでホラー映画を観る場所でもあったはずだ。芽衣子にとって尊と過ごすための、大事な場所だった。

なのに今、芽衣子は自分の意思とは違う形で、彼に抱かれようとしている。

(浮気相手の私のことは優しく抱けるのに……妻である私には、そうしたくないの？)

そこまで妻である自分は、疎ましがられているのだろうか。

どうでもいいのだろうか。

そう思うと、途端になにもかもが急に虚しくなった。

（でも、そうよね……今日のデートだって……『めーちゃんB』に言われて……ただの気まぐれで……）

所詮なにをしたって、自分は彼にとって、結婚したときから離婚を考えている妻でしかないのだ。

芽衣子の体を絶望感が包み、同時に強張っていた全身から力が抜けていく。

尊のことが好きなのに、なんでもしたいと思うくらい大好きなのに、その思いはあくまでも一方通行。

（もう、だめなんだ……諦めなくちゃ、だめなんだ……）

どうやったって、彼は私を愛してはくれない。

鼻の奥がつんと痛くなって、目の奥が熱くなった。

泣くまいと思っていたのに、途端に目の縁に涙がたまる。

「……っく」

唇の端から嗚咽が漏れた瞬間、ニットを胸の上までまくり上げていた尊が、弾かれたように顔を上げた。

彼の目が泣いている芽衣子を見て大きく見開かれている。

「あ……」

尊がかすれたうめき声を上げる。

まさか泣かれるとは思わなかったのだろうか。

だが芽衣子は絶対にいやだった。

こんなふうに抱かれたくない。

「す、すまない、俺は……」

見る見るうちに青ざめていく夫の姿を見ながら、芽衣子は声を絞り出した。

「——こういうこと、したいならっ、よそで、してください……！」

「え……？」

尊が芽衣子の言葉に体を強張らせた。

そう、今まで通り。わざわざ妻を抱かなくても、尊ならよりどりみどりだ。

彼の薬指に指輪が嵌まっていようといまいと、誰も気にしない。

「だって、そういう人、いるんでしょう……？」

どうして尊が『いない』ような顔をするのかわからなかった。

「そんなわけ、ないじゃないか」

だが芽衣子の問いに、尊がかすれた声で唇を震わせた。

普段はポーカーフェイスの尊の顔がひどく傷ついたように変化するのを見て、芽衣子はカーッと頭に血が上る。

彼が好きだからこそ、怒りと悲しみが入り混じった複雑な感情が芽衣子を包む。

（なんで嘘つくの……？　いるはずよ、少なくとも、もうひとりの私……めーちゃんBを抱いてたんだから！　他にもいるに決まってる……）

「どうして……どうして嘘、つくんですか……!?」

芽衣子はわななく唇を引き結び、叫びたい気持ちを抑えてぐっと奥歯をかみしめる。

だが尊は芽衣子の言葉を認めなかった。

「結婚して半年、私に指一本触れなかったくせにっ！」

この期に及んで、バレバレの嘘をつくとは思わなかった。

叫んだ瞬間、『とうとう言ってしまった』と芽衣子は動揺していた。だが一度口に出した言葉はもう引っ込められない。

「それは……」

尊が激しく動揺する。

その顔を見て、芽衣子は鼻の奥がつんと痛くなる。喉の奥から熱いかたまりのようなものが込み上げてきた。

苦しくて、苦しくて、身が切られそうだ。

（こんなこと、言いたくなかった……）

もちろん指一本触れなかった理由はわかっている。

尊がすぐに芽衣子と別れるつもりだったからだ。

そしてその代わりに『めーちゃんB』を抱いたように、ほかにも女性と関係を持っていたのだ。そうに違いない。

「……」

芽衣子の言葉に、尊が雷に撃たれたように無言になり、体を震わせる。あからさまに動揺した夫の姿を見て、また燃えるかのように瞼が熱くなった。

（やっぱりそうなんだ）

全身を絶望感が包み込む。

（最悪……！）

芽衣子はぎゅっとこぶしを握り、口を開く。

「尊さん、私と離婚するつもりだったんですよね？」

「っ！」

「知ってました。私……登坂さんと電話してたの、たまたま聞いてしまったんです……」

尊の顔がすうっと青ざめた。

「離婚、したかったの知ってました。それでも私……私は……っ……」

もしかしたらやり直せるかもしれないと思った。

自分が彼を思う十分の一でもいい、尊が芽衣子を見てくれたら、もしかしたら本当の夫婦になれるかもしれないと、思ったのだ。

「――」

しんと静まり返った空気が、ひんやりと冷たくなる。

（ああ、もう無理なんだ……）

目の奥からじんわりと涙があふれた。

芽衣子は彼に泣き顔を見られたくなくて、とっさに手の甲で瞼の上を覆っていた。瞬きをした瞬間、目の端からあふれた涙がこめかみを伝い、彼のために編んだ髪の中ににじんでいく。

それから数秒後――。

ふっと体が軽くなる。芽衣子にのしかかっていた尊が離れたようだ。芽衣子の発言に、やる気がそがれてしまったのだろう。

確かにもうそれどころではない。リビングの空気は完全に重く冷え切っていた。

芽衣子は上半身を起こし、うつむいたままニットの裾をなおし、ぐしゃぐしゃに乱れた髪をほどいて立ち上がる。

そのままフローリングに倒れたい気分だったが、なんとか足に力を込めて床に置いたままのバッグを手に取り玄関へと向かった。

「……芽衣子さん、どこに」

尊が慌てたように追いかけてきたが、こうなった今でも顔を見るのは辛かった。

「ごめんなさい……私、用事を思い出したので……」

靴を履いた芽衣子はそう口にし、そのまま玄関のドアに体当たりするようにして飛び出していた。


（用事ってなんなの……本当、我ながら口下手すぎる）

マンションを飛び出した芽衣子は、己に絶望しながら、とぼとぼと駅に向かっていた。

「はぁ……私、馬鹿だな……」

尊の行動に一喜一憂し、ひとりで空回りして、結局家を飛び出している。

尊はどうするだろう。これ幸いとばかりに、他の恋人のところにでも行くのだろうか。だとしたら家を出る必要などなかったかもしれない。

（でも、あのまま家にいたくなかったし……）

そもそもあの瀟洒なマンションは尊の持ち物だ。出ていくとしたら自分のほうだ。

とりあえず来た電車に乗りはしたが、どこに行ったらいいのかわからない。

座席に座ってぼうっとしていると、バッグの中のスマホが着信を知らせてチカチカしていた。

（尊さん……？）

もしやと慌てて液晶を見ると、それは朔太郎からのメッセージだった。

『めーちゃん、大丈夫？』

親友の気遣いを感じて涙腺が緩む。

芽衣子はぎゅっと唇をかみしめながらスマホを握りしめていた。


「めーちゃん」

渋谷駅で待ち構えていた朔太郎が、人込みを抜けて、あたりを見回してきょろきょろしている芽衣子の腕をつかんで引き寄せた。

「サクちゃん……」

「ちょっと気になってさ」

そういう朔太郎はどこか強張った顔をしている。

「あ……うん」

芽衣子は誤魔化すようにふにゃっと笑う。

それもそうだろう。ふたりで話していたところで、いきなり目の前で芽衣子は尊に連れていかれてしまったのだから。

「ん、でも私もなんだかよくわからなくて……」

そもそも尊が態度を変えた理由が、よくわからないままだ。

戸惑いながら芽衣子が目を落とすと、朔太郎がなにかを発見して、ハッとしたように目を開く。

「めーちゃん、もしかして泣いたの？」

「あ……」

彼の指摘にドキッとする。どうやら涙の痕が残っていたらしい。

芽衣子はへへっと笑って、指の先で頬の上をなぞる。

あれほど尊と夫婦になりたいと思っていたのに、体の関係があれば別れなくて済むと思っていたのに、いざ強引に押し倒されると、自分が望んでいるのはこれじゃないと気づいてしまった。

そして彼に正直な気持ちを打ち明けられず、『用事がある』だなんて下手な言い訳をし、泣きながら逃げてしまったのだ。

「で、でも……ちょっとだけだから」

もともと涙腺がゆるい自覚がある。こんなことでいちいち泣いてしまう自分がちょっと恥ずかしい。

だが朔太郎は芽衣子の言葉に納得できないらしい。

「そんなの、変だよ……」

「え？」

「ちょっととか、関係ない」

朔太郎は唇をぎゅっとかみしめて、うめくように声を振り絞った。

「――でも……でも、そのきっかけを作ったのは、僕だと思う」

「えっ？　そんな、違うよ。私が……」

「いや、『思う』じゃないな。ほんと僕のせいだよ。ごめん」

朔太郎ははぁっとため息をつき、そのまま小さく頭を下げてしまった。

だが芽衣子はわからない。なにがなんだかさっぱりだ。

「ま、待ってサクちゃん。そんなサクちゃんのせいなわけないでしょ」

自分のやったことがそのまま自分に返ってきただけだ。

慌てたように朔太郎の腕をつかんで顔を上げさせようとすると、彼はその芽衣子の手の上に、自身の手を重ねてぎゅっと握りしめた。

「そうじゃないっ！」

いつもひょうひょうとして、余裕のある朔太郎らしからぬ強い言葉だった。

「え……？」

「——」

急にいったいどうしたのだろう。ぽかんとしている芽衣子を見て、朔太郎は、はぁと深いため息をつく。

芽衣子は周囲を見回す。なにか事情がありそうだ。駅の構内はたくさんの人であふれかえっていて、誰も自分たちのことなんか気にはしていない。

だがこのまま立ち話でしていい話ではない気がした。

「サクちゃん、どっか入って座って話そう」

「めーちゃん……」

芽衣子の提案に、なぜか朔太郎は少し戸惑ったような表情を見せる。

「ね？」

励ますように腕にそっと手を添えると、彼の体が少し強張っているのに気付いた。いつもふわふわと笑っている彼には珍しい。

「――うん。そうだね」

朔太郎は折れるように、こくりとうなずいた。


それから芽衣子と朔太郎は駅構内を抜け、落ち着いたカフェに入った。一番奥の、観葉植物に囲まれた静かな席に座る。ふたりの前にカフェオレとコーヒーが置かれた。

店員がいなくなってしばらくして、朔太郎がぽつりと口を開く。

「めーちゃん僕さ、ちょっとやきもち焼いたんだ」

「やきもち？」

目をぱちくりさせる芽衣子に、朔太郎は自嘲するように唇の端を少しだけ持ち上げる。

「そうだよ」

朔太郎はこくりとうなずいた。

「旦那さんに一生懸命恋してるめーちゃんが羨ましかったっていうか……めーちゃん

に愛されてる旦那さんも羨ましかったっていうか……自分でもなに言ってんのか、ちょっとわかんないけど……」

朔太郎はぽつぽつとそんなことを口にし、それから顔を上げてしゅんと眉尻を下げる。

「なんていうのかなぁ……。僕さ、生まれて一度も恋したことなかったからかな……。ずっとめーちゃんが眩しかったんだよね。それで旦那さん煽るつもりで、めーちゃんにベタベタしたんだ。旦那さん、嫉妬するかなって思って」

「えっ？」

「羨ましいって思いながら、ムカついてたのかも」

朔太郎は少しだけ口角を持ち上げて笑い、目を逸らす。いつも快活で裏表のない朔太郎の、見たことのない陰がある表情だった。

(嫉妬……って)

妻が異性の友人と話しているだけで、嫉妬なんてするのだろうか。

(尊さんが私をそのくらい好きだったら、あるかもだけど)

実際は違う。離婚するつもりの妻に嫉妬する夫なんていない。

芽衣子は冷えた両手をカフェオレボウルで温めながら、彼の目を見つめた。

「……サクちゃん」

彼の言う『ムカついていた』というのは芽衣子と尊、両方にだろうか。なんとなくそんな気がする。

（でも、そうよね。私、サクちゃんに甘えて迷惑ばっかりかけて……）

いくら親友といっても、もとは幼稚園で仲良くしていただけの男の子だ。

夫婦の問題なのに、他人に頼りすぎてしまった。本当は自分ひとりで解決するべきだった。

（情けないな、私……）

自分が今さら情けなくなってきた。しゅん、と落ち込んでいると、朔太郎は言葉を続ける。

「めーちゃんが一生懸命になるたび、そこまでする必要あるのかなって思ってたし。もちろんめーちゃんの気持ちが通じたらいいなとは思ってたけど、実際きれいになっためーちゃんが旦那さんとえっちしたって聞いて、めちゃくちゃ旦那さんにモヤモヤしてさ……。なんでめーちゃんは、そんな旦那さんじゃないとだめなんだろうって……ああ」

朔太郎はそこまで言って、突然なにかに気がついたように顔を上げた。

「僕、めーちゃんが好きなのかも」

「――えっ？」

突然の告白に、芽衣子は目を見開いた。

だが朔太郎はすべてに納得がいったと言わんばかりに、言葉を続ける。

「や、そうなんだ。僕めーちゃんが好きなんだ。だからイライラして、モヤモヤして……いっそ、ふたりがうまくいかなくなってもいいじゃんって、意地悪なことを……したんだ」

「さ、サクちゃん……？」

朔太郎が自分を『好き』だと言っている。

男女の仲に鈍感な自覚がある芽衣子だって、さすがにここまではっきり言われればわかる。

芽衣子にとって、朔太郎は女の子もビックリするレベルのきれいな男の子で、性別を感じさせない友人だった。

非常にモテているのは知っていたが、自分は結婚しているし彼が普段から付き合っているような、おしゃれできれいなタイプではない。

だからそういう対象ではないと、はなから思っていたし、彼もそう振る舞っていたはずだ。

芽衣子に恋愛感情はもてない、と。

「だって私、ペット枠、でしょ……？」

おそるおそる問いかけると、朔太郎は苦笑して肩をすくめる。

「そうなんだよね。めーちゃん、中学生女子みたいで、とてもそんな対象に見られなかったというのもあるんだけど……でも、考えてみたら、僕、どんぐり組でも、めーちゃんが一番好きだったよ。たくさん女の子に好きって言われたけど、自分が好きだって思って、友達になりたかったのは、めーちゃんだけだった。昔も今もね」

「サクちゃん……」

正直、幼稚園で朔太郎と遊んでいたことはうっすらとしか覚えていなかった。名乗られなければ彼が『サクちゃん』だとも思い出せなかったに違いない。

なのに彼は、そんな自分に『好き』だと言ってくれる。

それが不思議だと思うと同時に、朔太郎の気持ちがまっすぐに伝わってきて、芽衣子はただ黙って、朔太郎の言葉に耳を傾ける。

さらに朔太郎はぽつぽつと言葉を続ける。

「今さらだけど……一生懸命旦那さんに恋しているめーちゃん見てたら……僕、そんなめーちゃんを好きになってた。こんなふうに愛されたいって、思ってたみたい。どんぐり組にいた頃とは、違う『好き』だよ」

「……」

やはり芽衣子はなにも言えなかった。どう返事をしたらいいか、わからない。

「ごめんね……。困らせたいわけじゃないんだけど」

そんな芽衣子を見て、ごめんと謝りつつも、朔太郎はどこかすっきりしたように微笑んでいた。

そしてコーヒーカップをテーブルに戻し、右手を伸ばして芽衣子の左手を引き寄せる。

「めーちゃん、旦那さんじゃなくてさ、僕にしなよ。僕なら絶対にめーちゃん大事にするし。めちゃくちゃかわいがるよ。絶対に泣かせたりなんかしない」

「サクちゃん……」

柔らかく微笑む朔太郎は、相変わらず女の子のようにきれいだった。

今にも冗談だと言い出すような気がしたが、朔太郎はただ黙って芽衣子を見つめるばかりだった。

(冗談じゃない……んだよね)

彼は本気で芽衣子を好きだと言っている。

大事な友人の告白を耳にして、なにか言わなければと思うが、言葉が出てこない。

心臓がドキン、ドキンと早鐘を打っている。緊張しすぎて、こめかみのあたりが脈打っているのがわかる。

そんな動揺が伝わったのだろうか。

「いいよ、ゆっくりで。今すぐ答えを出さなくてもいいから」

朔太郎は優しい声でそう言って、芽衣子の結婚指輪を指の先でなぞる。

「でも、結婚は早すぎたんだよ。それは間違いないと思う」

『結婚は早すぎた』

そう告げる親友の言葉は重く、芽衣子の肩にのしかかったのだった。


取り返しがつかない夫婦喧嘩をした場合、妻が取る行動は『実家に帰らせていただきます』が定番なのではないだろうか。

芽衣子はその日の夜、結局家に帰らないままホテルで一泊し、翌朝飛行機の中にいた。

向かった先は、両親が住むうどん県こと香川県の高松(たかまつ)市である。

空港に降り立つと、残念ながらその日は朝から雨だった。ガラス窓に当たる雨粒を見つめながら、芽衣子は軽くため息をつく。

(ぶらぶらしようと思ってたけど……もう直接家に行ってみようかな)

昨晩は、朔太郎と数時間一緒に過ごしたのち彼と別れたのだが、結局家に帰る勇気が出ず、ビジネスホテルに宿泊してしまったのだ。

そして発作的に飛行機に乗り両親のもとに向かっていた。

我ながらめちゃくちゃだと思うが、ほかに行ける場所も思いつかなかった。

(よし、帰ろう!)

芽衣子は空港からバスに乗って、高松市内へと向かう。

それから約一時間しないうちに市内に着いた芽衣子は、またバスを乗り継いで両親の住むマンションへ降り立っていた。

両親は会社を売却したあと、母の実家があるこの高松を終(つい)の棲家(すみか)と決めた。それなりに広く駅から近い中古のマンションを購入し、ふたりで暮らしやすいようにリフォームして、悠々自適の生活を送っている。

ちなみにマンションには両親が引っ越してから数回、顔を出している。今年の夏は尊とも一緒に帰省したことを思い出し、胸がチクッと痛くなった。

（あのときは楽しかったな……）

勿論、尊は相変わらずで芽衣子に指一本触れなかったが、新婚旅行も行ってない芽衣子は旅行の間ずっと浮かれていた。

たった数か月前のことだが、今でも鮮やかに思い出せる。

はしゃぐ芽衣子を終始優しい目で見つめていた、尊のことを——。

（あれが嘘だったなんて思いたくない……けど）

我ながら往生際が悪くてうんざりする。

自嘲しながら、一階のエントランスに設置してあるインターフォンのボタンを押す。

（まだお昼前だからいてくれるといいんだけど……）

アクティブな両親は、あまり休日にじっとしているタイプではない。もしかしたらもう出かけているかもしれない。

だがすぐに、

『はーい……って、あらっ、芽衣子っ!?』

インターフォンの向こうから、母——純子のすっとんきょうな声が響く。

「あ、お母さん？」

どうやら在宅だったようだ。

ホッとしつつ、カメラに向かって手を振ると、

『やだ、パパッ、芽衣子よっ、芽衣子が来たわっ！』

『ええっ、芽衣子？　来るって言ってたか⁉』

と、向こうから両親が慌てふためく声が聞こえてきた。

「来ちゃった」

どういう顔をしていいかわからず、ふにゃっと笑う。

芽衣子がそう答えると同時に、右手隣にある自動ドアが開く。

そのままマンション内に入り、両親が住む部屋へと向かった。エレベーターから降りると、廊下の奥のドアが開いて両親がひょっこりと顔を出し、こちらをうかがっている。

「本物の芽衣子だな」

「そうねぇ、芽衣子だわ」

ふたりの並んだ顔は、まるでトーテムポールのようだ。

「えっと……ただいま」

芽衣子はえへへと笑って開け放たれたドアの中に入り、靴を脱ぐ。洗面台でうがい

と手洗いをしていると、

「なんなの急に～。連絡くらいしてくれたらいいのにぃ～」

と純子ののんびりした声が聞こえてきた。

「うん……」

母の言うこともっともだ。うなずきつつも、どよーんと気が重くなる。

（っていうか、あれからスマホも見てないんだよね……）

尊からメッセージや着信が来ていたら、と思うと怖くなる。

どう反応していいかわからない芽衣子は、朔太郎と会ったあとから、スマホをサイレントモードにしてバッグの一番下で眠らせていた。

人からの連絡を無視するようなことはいけないことだとわかっていたが、どうしても見られなかったのだ。

逆になんの連絡も来ていなかったらと思うと、彼が自分にまったく興味がないことを思い知らされるのが怖かったのかもしれない。

「芽衣子がひとりで来たということは、尊君は長期出張かな？」

大黒様に似た父――正雄（まさお）が、ふくふくした笑顔で紅茶を淹れながら問いかける。

「うん。そうなの。それで今朝急に帰ってみようかなって思って」

尊は実際、月の半分は家にいない。どうやら怪しまれずに済んだようだった。

芽衣子はリビングのソファーに腰を下ろす。

「事前に言ってくれたら空港に迎えに行ったのに」

純子が正雄の淹れた紅茶をトレイに載せ、リビングのローテーブルの上に並べる。

芽衣子の好きなストロベリーの紅茶だ。

（こういうとき、当たり前のように私の好きなもの出してくれるんだ……）

ふわりと漂う甘酸っぱい香りに、なぜか胸がぎゅうっと締めつけられたように苦しくなった。

「――芽衣子？」

純子はうつむく芽衣子の顔を見たあと、顔を上げてキッチンでチョコレートを選んでいる正雄を振り返った。

「パパ、苺のタルトを買ってきてちょうだい。駅前のお店がいいわ」

「えっ、今からタルトを買いに行くの？」

正雄が驚いたように何度か目をぱちくりさせる。

芽衣子は両親の会話を聞き、慌てて首を振った。

「いいよ、そんなわざわざケーキを買いに行かなくても」

しかも外は小ぶりとはいえ雨である。

だがふたりは数秒見つめ合ったあと、

「まぁ、そうだねぇ。あそこのタルトは絶品だからね。芽衣子も絶対好きだと思うし……うん、買ってこよう。じゃあ行ってくるよ」

そして正雄はうんうんとうなずくと、リビングを出ていった。

「もうっ……いいって言ってるのに」

思わず頬を膨らませたところで、純子が芽衣子の肩をとんとんと叩く。

「まぁ、いいじゃない。お父さん最近ちょっと太ってきたから、毎日ウォーキングもやってるのよ。歩けるならできるだけ歩いたほうがいいって、お医者様にも言われてるんだから」

「お父さんが無理してないなら、いいけど……」

機嫌よく鼻歌を歌いながら、カーディガンの上にジャケットを羽織り、スタスタと玄関を出ていく父を見送った。

「ほら、あったかいお茶を飲みなさい」

「うん」

芽衣子はうなずいてカップに口をつける。

考えてみたら昨日の午後からなにも食べていない。胃を温めると、なんとなく気分が落ち着いてきた。

（でも……やっぱり、ふたりには話せないな……心配をかけたくない）

他に行くところも思いつかなくてここに来たわけだが、あとは何事もなかったかのように一泊して帰ろう。

そう思った次の瞬間、

「で、尊さんとなにがあったの？」

と、純子が唐突に口を開く。

「っ!?」

驚きすぎて危うく紅茶を噴き出すところだった。口元を指先でぬぐいながら隣の母の顔を見つめる。

芽衣子は見た目は母親に似ているが、中身はおっとりした父に似ているとよく言われる。純子はのほほんとしているように見えて、なかなかに鋭い人なのだ。

「……どうして、わかるの？」

「どうしてって……なんとなく」

純子は軽く首をかしげた。

「なんとなくって〜……」

母のあっけらかんとした態度に、なんだか力が抜ける。

「とりあえず話してみなさいよ。少しは気が楽になるかもしれないわよ」

彼女の言葉は明るかった。そして包み込むようなおおらかさもある。

どうやらバレているようだし、隠しても仕方ない気がした。

芽衣子はソファーに座りなおし、大きく息を吐くとゆっくりと口を開く。

「あのね……尊さんと、離婚したほうがいいのかなって思ってて」

口に出した瞬間、ズキッと胸に差し込むような痛みを覚える。

「芽衣子……」

さすがに『離婚』という単語に驚いたようだ。深刻な気配を感じ取った芽衣子は、慌ててなんでもないことのように言葉を続ける。

「私ももう、仕方ないかなって思ってるんだ。まぁ、今どき離婚なんて大したことないと思うし。となると、就職活動もしたほうがいいよね、なんて思ってて。その、ちょっと遅いかもしれないけどっ。探せばなにかしらあると思うし……」

芽衣子はじんわりと浮かぶ涙を母に見られないように、何度か瞬きを繰り返しながらへへへ、と笑う。

就職活動をしなかったのには訳がある。

芽衣子は両親に溺愛されて育った一人っ子だ。小さい頃から兄妹が欲しいとずっと思っていた。

だが両親は長い不妊治療の末に芽衣子を授かり、結局その後、ふたりめを授かることはなかった。

そんな両親に愛されて育ったと思うが、小さい頃は寂しいと漠然と感じていた。芽衣子は、大家族に憧れていたのだ。

もし自分が将来家族を持てるなら、子供をたくさん産めたらいいと思っていた。

(尊さんにしたら迷惑な話だろうけど……)

芽衣子は尊の気持ちを一度も聞かなかった。

だから自分と離婚すると決めていた尊の気持ちにも気づけなかったのだ。

本当に子供っぽくて、自分で自分がいやになる。

「あ、そうだ。私も卒業したらこっちに来ようかな～。いいところだよね。気候もいいし、ごはんもおいしいしっ」

東京で暮らしていると、きっと辛くなるだろう。どこにいても尊のことを思い出して切なくなる自信がある。

落ち着きを取り戻した芽衣子がにこりと笑うのを見て、

「芽衣子、それは尊さんと話をして決めたことなの？」

と、純子が真剣な顔で問いかける。

「——それは……まだだけど。でも尊さんが離婚したいと思ってるのは本当だから」

「思ってる……？」

純子が不思議そうに首をかしげる。

「うん」

彼と直接話し合ったわけではないが、それは間違いない。

芽衣子はこくりとうなずいた。

だから離婚したくない芽衣子は必死になって、彼と既成事実を作ろうとしたのだから——。

「ごめんね。こんなに早く駄目になっちゃって」

笑顔を作ると同時に、芽衣子の目からぽろりと涙が零れる。

「芽衣子……」

そんな娘の姿を見て純子は思うことがあったらしい。それ以上なにも言わず、ただ娘の肩を抱き寄せ腕を温めるように手のひらでさする。

そのぬくもりに甘えるように、芽衣子は母の肩におでこを押しつけたのだった。

それから小一時間ほどで正雄が戻ってきて、三人で苺がたっぷりのったタルトを食べて、温泉に行くことにした。

「日帰りでもねぇ、温泉もいいところがたくさんあるのよ～。お風呂から瀬戸内海が一望できて、そのあとはエステよ、エステ」

正雄が運転する車の助手席で、純子がはしゃいだように声を弾ませる。

「ママがきれいになっちゃうなぁ～！」

「あらあら～。またモテモテになっちゃうわねぇ～」

いちゃいちゃする両親を後部座席で眺めながら、芽衣子はふふっと笑う。

ぼんやりとドアにもたれかかり窓の外の景色を眺めながら、物思いにふける。

（東京に戻ったら、尊さんとちゃんと話をしよう）

この数か月、芽衣子は尊と別れたくなくて必死だった。そのためならなんでもしようと思っていたし、実際になんでもやったと思う。

だがもうどうしようもない。

離婚するしかないのなら、一刻も早く荷物を下ろして楽になりたい。ずるずると引きずりたくないし、未練を断ち切ってしまいたかった。

(卒業するまでどこに住もうかな……。今から就職活動を始めて、どこかに部屋を借りたほうがいいかな……)

動機は不純かもしれないが、尊と別れると決めた以上、なにかに必死に打ち込んで気分を紛らわしたほうがずっと気が楽だ。

(ちゃんと考えなきゃ……これからのこと)


そうして、家族水入らずの日帰り旅行から帰った夜、芽衣子は客間にお布団を敷いてもらい、ゴロゴロしながら約一日ぶりにスマホを確認することにした。

今日はわざとスマホを持たず出かけていたので、想像していた通りでもあるが、不在着信が昨日から十件近く残っていた。

(尊さん……)

時間的には、家を出てからすぐ、それから一時間に一度程度、今朝も、ついさっきも着信があったようだ。

これだけかけて出ないのだから、芽衣子がわざと電話に出ていないことはわかっているだろう。それでもまめに連絡を取ってくる尊の気持ちを考えると、怖くて確認しなかったのは自分の意思なのに、罪悪感がつのった。

「すう、はぁ……」

何度か深呼吸を繰り返したあと、思い切ってメッセージアプリを立ち上げる。

アプリを開くと、案の定、尊からメッセージが届いていた。

時間を追って確認すると、最初の未読メッセージは『用事がある』と言って家を飛び出したすぐあとのことだ。

『芽衣子さん、ごめん』

『なにをどう説明しても、言い訳にしかならないが』

『この半年の結婚生活に関しては、百パーセントすべて俺が悪い』

『傷つけてしまって申し訳ない』

そして数時間後の真夜中。

『今はひとりでいるんだろうか。安全なところにいるのだろうか。連絡が欲しい』

『君はいやかもしれないが』

『できれば顔を見て話がしたい』

それでも芽衣子が未読なので、明け方にまたメッセージが届いていた。

『ここはきみの家だ。とりあえず帰ってきてくれないだろうか』

と入っていた。

尊のメッセージは至極冷静で、相変わらず芽衣子に対する気遣いを感じる。

「尊さんらしいな……」

芽衣子はふっと笑って、尊の送ってくれた文字を見つめた。

惚れた弱みだろうか。

浮気をしていたのは確かに尊のほうだが、こんな未熟な娘をいきなり妻にと言われて、恩人に押し切られて結婚した尊の立場を考えると、一概に彼が悪いとは言えない。

自分がもっと大人で心身ともに成熟した女性だったら、普通のお見合い結婚のように彼と夫婦になれたはずだ。

（私がもっと素敵な女性だったらよかったのに……）

そうしたら尊も、戸惑いながらも芽衣子を妻にしてくれたかもしれない。

「……っ」

悲しくてじわっと涙が浮かぶ。

こんな状況でも、まだ芽衣子は尊を思いきれない。

彼のちょっとした気遣いや優しさを、自分を大事に思ってくれているからではないかと、都合よく考えてしまいたくなる。

（でも、尊さんが親切で優しくしてくれるのは、私が恩人の娘だから……それだけだ）

瞳からあふれ、頬を伝う涙を手の甲でぬぐった芽衣子は、なんとかメッセージを作成し、その後はまたスマホを放り投げてうつ伏せに寝転がったのだった。


『電話に出なくてごめんなさい。今、実家にいます。明日東京に戻ります』

芽衣子のメッセージが届いたのは、日付が切り替わる直前のことだった。

スマホが震えた次の瞬間、書斎で仕事をしていた尊はデスクの上のスマホに飛びついていた。

（やはり実家か！　すぐに迎えに……！）

発作的にスマホを握りしめたまま椅子から立ち上がったが、羽田からの飛行機はとうに終わっていることに気がついて、尊はまたがくりと椅子に座り込む。

「なにをやっているんだ、俺は……」

眼鏡を外し、くしゃりと額から前髪に指を入れる。

このときの尊の表情を、どんなときも冷静沈着な尊の姿を知っている社員が見たら、いったいなにが起こったのかと驚いただろう。

芽衣子が『用事がある』と家を飛び出したとき、尊はものの数分、動けなかった。固まっていた、のかもしれない。だが『用事があるわけがない』と気がついて、慌てて芽衣子のあとを追いかけたのだ。

マンションは駅から近い。向かうなら駅だろう。すぐに追いつけると思ったが、彼女はちょうど来た電車に乗ってしまったらしく、どのホームにも姿はなかった。

それでももしかしたらと、しばらくあたりをウロウロと芽衣子を探して歩き、電話もかけ続けたが反応はなかった。

なにもかも自分が悪いとわかっているが、芽衣子の涙を思い出すと、胸がねじれるような痛みを覚える。

(自分で自分が、抑えられなかった)

三十六年間生きてきて、誰かを妬ましいと思ったことなど一度もなかった。

誰かと自分を比べたこともなかった。

自分が一番だと思っているわけではないが、そんな感情を抱いたところで建設的ではないと思っていたからだ。

だが昨日は違った。デートの待ち合わせで兄妹に間違えられたとき、やはり彼女に自分は不釣り合いなのだと苦しくなった。

そして目の前で、芽衣子が友人と親しげに話し、はしゃぐ姿を見て相手の男に激しく嫉妬してしまったのだ。

(年が近くて、お似合いだった……。誰が見ても、自分よりは恋人に見えるんじゃないかと……思ってしまった)

ただの男の嫉妬ではない。

埋めようのない年齢差を突きつけられて、絶望してしまったのだ。

ふたりが顔を寄せ合っている姿を見て、牧村という青年に痛烈な疎外感と羨望を抱き、そして強引に芽衣子を引きはがしてしまった。

(芽衣子さんは俺のものだと思いたくて、あんな真似を……)

そして強引に抱いてしまおうとした、その結果がこれだ。

ソファーに横たわったまま、静かに泣いていた芽衣子の顔を思い出すと、今まで感じたことのない後悔が背中から押し寄せてきて、自分という男の人間性に嫌気がさし吐き気がする。

口元を押さえながら、天井を仰ぎ見ることしかできなかった。

(おまけに浮気していると思われていたとはな……)

だがそれも当然だろう。

いくら芽衣子がうぶで純情だからといって、夫婦生活が半年もなければおかしいと思うし、夫にそういう相手がいると思うのは自然な流れだ。

勿論、尊は神に誓って浮気などしていない。普段から結婚指輪をしているし、会社のデスクの上には結婚式の写真を飾っている。

それでも、と声をかけてくる女性はあとを絶たなかったが、一度だって相手にしたことはなかった。

ただ芽衣子を女として、妻として愛さなかっただけだ。

深入りするのが怖くて、意識して妹のように、娘のように接していた。

そんな自分を芽衣子はどう思っただろう。

いつまで経っても触れてこない夫を不安に思い、自分のせいだと思ったのではないだろうか。

(ああ……だから彼女は、あんなふうに着飾って、俺の前に姿を現したんだ……!)

いつものタンポポのような彼女ではなく、あでやかに咲き誇るカサブランカのような姿で、尊の腕の中に飛び込んできた。

二度目の夜も、デートに誘ってほしいと言ったのも彼女だ。

いつだって彼女はまっすぐに尊を見つめ、態度で尊にその心を見せてくれていた。

（なのに俺は、勝手に彼女の気持ちを推論して、これが正解なのだと離婚を独断で決めて……彼女が勇気を出してくれたあとも、ただ受け身で待っているだけで……）

実家に帰ったということは、彼女は両親に話をしたのかもしれない。返しきれないほどの恩があるふたりを、さぞかしがっかりさせたことだろう。

そしてなにより、芽衣子を傷つけてしまった自分に自己嫌悪が募る。

情けない。

本当に、自分で自分がいやになる。

（どうしたらやり直せる……？）

だがいくら浮気などしていないと言ったところで、芽衣子は信じてくれないだろう。

実際、尊はつい数か月前まで、芽衣子と別れることを真剣に考えていたのだから
――。

そしてその発言を聞かれている。

その言葉が、どれほど芽衣子を傷つけてしまったのか――。

「本当に、俺は馬鹿だな……」

もし過去に戻ってやり直せるなら、もう二度と彼女への気持ちを隠したりしないと

思うが、後の祭りだ。

「だが……諦められない……芽衣子……」

尊の後悔に満ちたつぶやきが、書斎に静かに響いたのだった。

六話　新婚だからイチャイチャしたいです

高松空港まで両親の車で送ってもらって、搭乗口へと向かう。

「お土産まで、ありがとう……ちょっと重いけど」

芽衣子が持ったふたつの紙袋には、両親おすすめの半生うどんがぎっしりと詰まっていた。

「尊さんと食べなさい。もう一袋はお友達にでもあげたらいいわ」

純子がそう言ってにこっと笑う。

「お母さん……」

尊と離婚するかもしれないと伝えているはずなのに、一緒に食べろと言う母の気持ちがわからない。

芽衣子が思わず黙り込むと、隣に立っていた正雄がガハハ、と快活に笑う。

「パパとママはね、今でも芽衣子と尊君はぴったりだと思ってるよ」

「えっ……ぴったり？」

芽衣子が目をぱちくりさせると、両親は顔を見合わせてうなずき合う。

「だよね、ママ」

「ええ、そうよ、パパ」

「そんな適当な……」

芽衣子ははぁ、とため息をつき、それから両親の顔を見比べる。

「適当じゃないわよ。だって芽衣子、尊さんが初恋でしょう？」

「……」

純子の言葉に、一瞬耳を疑った。

「えっ……」

不意打ちされて息が止まりそうになる。

「あらあら、そんな鳩が豆鉄砲くらったような顔をして」

純子がうふふと笑う。

「い、いやだって……」

まさか両親に自分の気持ちがバレているとは思わなかった芽衣子の顔が、カーッと赤く染まっていく。

結婚しておいてなんだが、親に恋心が知られているのは存外恥ずかしい。

「し、知ってたんだ……？」

ボソボソとつぶやくと、それを聞いた正雄はフフッと笑って、

「当たり前だろう、娘なんだから」

と、にんまりと笑った。

（でも、そっかぁ……だからお父さんとお母さんは、私と尊さんを結婚させようって思ったのか）

今さらだが納得してしまった。

芽衣子がうんうんとうなずいていると、

「でも尊君もなぁ……ああ見えて……あれだよなぁ」

「そうなのよねぇ、パパ……。ああ見えて意外にも……よねぇ」

父親の独り言になぜか母親も参戦し、両親だけで意味のわからないことを言い始める。

「なっ、なんなの、お父さん、お母さん、ふたりして思わせぶりに。からかわないでよっ……！」

なんだか置いてけぼりをくらったような気分になり、芽衣子は唇を尖らせる。

「まぁ、とはいえ親があれこれ口を出すのはほどほどにしないとな」

そして正雄はまたニカッと笑うと、芽衣子の頭の上に優しく手のひらを乗せて、く

しゃくしゃとかき回す。

ふたりは冗談を言っているふうでも、芽衣子に誤魔化しているふうでもない。おそらく夫婦で通じ合う、なにかがあるのだろう。

「さ、ふたりの家にお帰り」

「気をつけてね。『そう思う』じゃなくて、ちゃんとふたりで顔を突き合わせて話し合うのよ。それでももうだめだって思ったら、またおいで」

「――うん」

両親の言葉に芽衣子はうなずき、保安検査場へと向かうことにした。

「また連絡するね」

途中、振り返って手を振ると、ふたりはニコニコと笑って、周囲が思わずチラ見するくらいブンブンと腕を振っていた。

(あんなに手を振って……)

芽衣子が小さいときから、まったく変わらない両親の姿に、なぜか泣きたくなるくらい胸が締めつけられる。

離婚をほのめかしたとき、てっきり叱られると思っていた。尊は立派な大人の男性なのだから、自分が悪いと言われると思っていた。

もしくは芽衣子を溺愛する両親は、尊を悪く言うかと思っていた。

(でも、うちの両親は、そんな人じゃないんだ……)

落ち込んだ様子の娘のために外へ連れ出してくれるけれど、娘が『帰る』と言えば送り出してくれる。

「あっ、ありがとう！」

芽衣子も負けずに大きく手を振る。

正直、芽衣子の心はぐちゃぐちゃで、自分でもどうしたいかわからない。離婚するしかないと頭ではわかっているのに『もしかしたら』と思ってしまう。

(昨日の夜は、もうだめだって思ったのに……)

なぜだろう。笑って送り出してくれた両親を見ていると、ずっと背負っていた荷物が少しだけ軽くなった気がした。


機内に乗り込み、指定した窓際の席に座る。シートベルトを締めながら機内モードにしようとスマホを取り出すと、一時間ほど前に朔太郎からメッセージが届いていた。

『今どこ？』

『高松から羽田に向かう飛行機の中だよ』

メッセージを打つと、すぐに既読がついた。

『は？？？』

『実家帰ってたの。でももう帰るから。そうそう、サクちゃんにはおみやげにうどんあるから。大学で渡すね』

『ちょっとなにいってるかわかんないですね』

画面の向こうで、朔太郎がきれいに整えられた眉根を寄せる姿が、ありありと思い浮かんだ。

声に出さずにふふっと笑うと、今度は尊からメッセージが届く。

『この時間の飛行機だろうか』

高松から羽田行きの飛行機はそれほど多くない。調べて連絡してきたのかもしれない。

『はい。ちょうど今乗ったところです』

と返事をしたところで、飛行機内で離陸準備のアナウンスが聞こえてきた。

『すみません。離陸するので、また』

芽衣子は慌ててスマホを機内モードに変えて、座席の下に置いてあったバッグの中に押し込んでいた。

それから一時間半弱の空の旅を終えて羽田に到着した芽衣子は、紙袋と手荷物を持ったまま到着ロビーを出て、モノレール方面へと向かう。時間を確認すると、午後三時だった。

（それにしてもうどんが……うどんが重い！）

母が持たせてくれた半生タイプのうどんが、思いのほか重量があったようだ。しかも二袋である。このまま持って帰るには重すぎる。

（宅配便で送ろうかな……）

そんなことを考えながらてくてくと歩いていると、

「それがお土産のうどん？」

と、軽やかな声がして、手に持っていた紙袋のひとつが突然手を離れ、ひょいと持ち上げられる。いったいなんだと驚いて顔を上げると、そこに朔太郎がいた。

「え？　あ、サクちゃんっ!?」

「来ちゃった♥」

相変わらずおしゃれな彼は、ゆったりとしたカットソーとロングカーデに細身のパンツにブーツを合わせ、黒のキャップをかぶっている。

「来ちゃったって……。いきなりすぎるよ。びっくりしたじゃない……！」

「だってちょうど今から飛行機乗るっていうから。急いで来たからメイクもなしのすっぴんだよ」

キャップのつばを指で押さえながら、彼は少し恥ずかしそうに、クスッと笑った。

たとえメイクをしていなくても、相変わらず顔がものすごくきれいなので、まるで韓流（ハンりゅう）アイドルのお忍び姿のようだ。

「え、でもどうして……？　そんなにうどんが欲しかったの？」

芽衣子の発言を聞いて、朔太郎は軽く肩をすくめる。

「めーちゃん、とぼけてるなぁ。好きだから顔見たかったんだよ。わかれよ～」

「っ!?」

朔太郎はあくまでも軽いノリだが『好きだから』の言葉は重かった。

そういえば朔太郎は芽衣子に『自分にしなよ』と言ってくれたのだ。

人に好きだと言われるのは、やはり嬉しいものだが、芽衣子は既婚者である。

そうでなくても、朔太郎はずっと友達だと思っていた人で、尊のことも相談にのってもらっていた。恋愛対象として見るのはやはり難しかった。

「――あのね、サクちゃん。私」

芽衣子は言葉を選びながらも、朔太郎の気持ちに応えることはできないと口にしようとしたのだが――。

「もしかして家に帰るつもり？」

「え？　あ、うん……。飛び出しちゃったから、尊さんと話もしたいし」

素直にそう答えると、朔太郎は一気に不機嫌そうになり唇をかみしめた。

そして押し殺すような低い声でささやく。

「帰るのやめなよ」

「えっ……」

「旦那さんには、『もう帰らない』ってメッセージ送っとけばよくない？」

「いや、でも」

離婚するしないはとりあえず置いといても、まずは尊と話をしなければならない。

メッセージアプリで済ませるわけにはいかない。

「あっ、そうだ、うちにくればいーじゃん。マンションの部屋、余りまくってるし。ねーちゃんたちもめーちゃんに会いたいって言ってるし」

「えっ!?」

「ね、うちにおいでよ。歓迎するよ」

そして朔太郎は、空いた手で芽衣子の手を取り引き寄せた。

相変わらず声色は軽いが、その表情はどこか思いつめたような空気があった。

なんだかいつもと違う、どこか芽衣子を言いくるめようとする朔太郎に、芽衣子は戸惑いながら首を振る。

「サクちゃん、ごめんなさい、私……」

「芽衣子さん！」

今度は正面から、芽衣子を呼ぶ声が響いた。

「え？」

声のほうに顔を向けると、なんと尊が行き交う人の間を縫うようにして、駆け寄ってくる。平日なのにスーツ姿ではなく、ベージュのステンカラーコートと黒のカットソーにデニムというカジュアルスタイルだ。

「たたた、尊さんっ……？」

目を白黒させていると、尊は一直線にこちらに向かって走ってきて、それから芽衣子の前に立ち、大きく肩で息をしながら、苦しげに声をひねり出した。

「はあっ、はぁっ……むっ……迎えにっ……来たっ……」

彼はその大きな手に、車のキーを握りしめていた。

かなり息が上がっている。駐車場から走ってきたのだろうか。息が苦しいのか、一瞬だけ膝に手を置いて、背中を丸めて呼吸を繰り返している。

こんな尊を見るのは初めてだ。彼はいつだってスマートで、息を荒らげるところなど一度も見たことがなかった。

芽衣子は少し新鮮な気持ちで尊を見つめる。

悲しいかな、離婚目前でも彼を見たらいつものように『私の旦那様は素敵すぎる!』と叫びたくなってしまう。

離婚したら、こんな気持ちもいつか忘れてしまうのだろうか。そう思うと芽衣子の胸はまた切り裂かれそうなくらい苦しくなってしまう。

「はぁ……はぁ……」

何度か深呼吸を繰り返したあと、尊は顔を上げ、それからなんだかもの言いたげな眼差しで芽衣子の前に立ち尽くす。

どこか困っているような、居心地が悪そうな、どうしていいかわからない、そんな雰囲気だ。だがそれもそうだろう。一昨日のことを考えると、この状況で朗らかにされても困る。

「一緒に帰ろう」

ようやく息が整ったらしい尊は、そうっと芽衣子に手を伸ばす。

それは芽衣子がずっと待ち望んでいた、愛する人の手だった。

だが目の前に差し出された手が、遠い。

（この手を取って、どうなるの？）

結局、尊にとって自分はいらない存在だ。他人であれば妹のようにかわいがることはできるが、人生に寄り添う妻にはしてくれない。せめて短くても、夫婦としての当たり前の結婚生活があれば違ったかもしれないが、自分は最初から『離婚前提』のお飾りの妻だった。

彼の人生を支えた芽衣子の両親の大恩に報いるために、そのひとり娘と結婚しただけなのだ。

（それに、結婚生活中にほかの女性を抱いた尊さんを、私はきっと受け入れられない……無理だよ）

結婚前は仕方ない。本当は嫉妬でキーッとなるくらいいやだが、所詮は昔のことだと割り切ることはできる。

だがこの半年で、自分の他に尊に抱かれた女性がいると思うと、芽衣子は泣き叫びたいくらい切なくて苦しくなるのだ。

初めての夜も、二回目の夜も、尊はまるですべてを飲み込むように芽衣子を抱いた。生まれて初めて男性に肌をさらす、恥かしさもためらいもすべて忘れて、芽衣子も尊にすべてをさらけ出さずにはいられなかった。

（あんなふうに、尊さんが誰かほかの女性を抱いていると思ったら……辛いよ……耐えられない……）

気がつけばじんわりと目の縁に涙がたまっていた。

隣で様子をうかがっていた朔太郎が、そんな芽衣子の横顔を見て、きゅっと奥歯をかみしめる。

「めーちゃんは……旦那さんと一緒にいないほうがいいんじゃないの」

それを聞いた尊が、朔太郎にようやく視線を向ける。

「牧村君……」

「どーも、こんにちは」

軽くつばに指をあてて、朔太郎が尊を見上げた。尊は軽く目を伏せ、それでもはっきりと低い声で言い放つ。

「君が芽衣子さんのことを心配しているのはわかるが、僕と芽衣子さんの問題だ」

それを受けて朔太郎は当然と言わんばかりに小さくうなずいた。

「や、わかりますよ。でも今の僕はめーちゃんの親友だけじゃないんで、黙ってられないですね」

「は？」

尊が地の底から響くような低い声で、うなり声を上げる。だが朔太郎も負けておらず、その猫のような大きな目に力を込める。

「僕、芽衣子さんのこと、マジで好きなんです。もう別れてくださいよ」

朔太郎の発言を機に、ふたりの間に、バチバチと雷のような光が見えた気がした。

「ちょっ……ちょっと!?」

びっくりして涙も引っ込んだ。

芽衣子は驚いて、親友と夫の顔を見比べる。

「彼女は俺の妻だ」

「結婚して半年も放置してたくせに」

朔太郎の反論に、尊は痛いところを突かれたのか、頬が強張った。

「……事情がある」

「どんな事情か知らないけど、そんなのあんたの勝手でしょ」

朔太郎はハッと鼻で笑い、それから空いた手で芽衣子の手を取る。

「俺はめーちゃん一筋で大事にする。あんたと違って絶対に浮気なんてしないよ」

「なっ……浮気っ……？」

その瞬間、尊の顔にサッと朱が走った。

芽衣子も、今ここでそれを言うかと胸がぎゅうっと苦しくなる。大きな石を飲み込んだみたいに胃のあたりが重くなる。

（もうやだ……！）

この場から逃げ出したくなったところで、尊がクワッと切れ長の目を見開き、また芽衣子が一度も見たことがない顔で叫んだのだ。

「冗談じゃない！　こんなかわいい奥さんがいるのに浮気なんかするわけないだろ！　俺は結婚前から芽衣子さん一筋だっ！　ずっとかわいいと思っていたし、愛しいと感じていた！　確かにたったの二度だけだが、この半年の結婚生活で抱いたのは、芽衣子さんだけだっ！　彼女ひとりだけなんだっ！」

午後の空港のロビーは人も多く騒がしいが、尊の声はとにかく大きかった。

迫力のある低音ボイスが朗々と響き渡り、周囲が一瞬、静まり返る。

だが芽衣子も朔太郎も、自分たちに集まる他人の視線よりも尊の発言に、釘付(くぎづ)けになっていた。

（えっ、今なんて……？）

茫然(ぼうぜん)とする芽衣子の隣で、

「えっ、めーちゃんだけって……それって……」

朔太郎が目をぱちくりさせたあと、同じく固まって動けない芽衣子の顔をおそるおそる覗き込む。

「ねぇ、めーちゃん……大丈夫？」

「――う、ん？」

大丈夫か大丈夫じゃないかで分けるなら、今は圧倒的に『大丈夫』じゃなかった。

かわいい奥さん。

結婚前から芽衣子一筋。

ずっとかわいくて愛おしいと思っていた。

結婚生活で抱いたのは芽衣子だけ――。

情報量が多すぎて、脳みそが動いてくれない。

だが、どうにも尊の中で、『めーちゃんB』と芽衣子が＝(イコール)で繋がっている気がする。

（これは私が見ている都合のいい夢なのでは？）

そんなふうに考えた芽衣子は、突如ぎゅうっと自分の指で頬をつねり上げていた。

「芽衣子さんっ!?」

「ちょっ、めーちゃん!?」

尊と朔太郎が同時に顔色を変えて、芽衣子に詰め寄る。

それもそうだろう。側にいる人間が、無言で自分の頬をねじり上げたら怖いに決まっている。

「どうしたんだ急に、頬をつねったりなんかして！」

だが尊は顔を真っ青にして、それから芽衣子の両手を大きな手で包み込んだ。

「ああ……手が冷たい。血の気が引いてるじゃないか……いや、これは俺のせいか」

尊は何度もため息をつきつつ、その手を口元に引き寄せて、はぁ、と息を吹きかける。

「正直今のは、ＴＰＯにあるまじき発言だった。すまない。だが俺の言葉に偽りはない」

偽りじゃないということは、彼が芽衣子を『好き』だということになる。

そんなことがあっていいのだろうか。

夢じゃないだろうか。

「ほ、ほんとに……？」

芽衣子は震えながら問いかけていた。

「ああ。この半年のことは全部俺が悪い……。俺は……俺は、芽衣子さんにふさわしくないと思っていたから」

「――え？」

ふさわしくないと言われて、仰天した。それは芽衣子がずっと尊に対して感じていた感情だからだ。

「俺たちは一回り以上、年が離れているし……。君はご両親に言われて断り切れないまま、無理やり俺と結婚させられてしまったから、申し訳なくて。早く別れてあげたほうがいいと思って……それで」

そして尊は、大きな手で口元を覆いながら目を伏せる。

「だが、着飾った芽衣子さんが俺の仕事場のホテルに会いに来てくれただろう？　あれで、理性のタガが外れてしまった」

「――」

その瞬間、なんとなく、尊と芽衣子の頭の中で、同じ場面が思い浮かんだ気がした。

(恥ずかしい……)

もう、言葉もなかった。

だがこれでひとつはっきりした。

尊は『めーちゃんB』が芽衣子だと、最初からわかっていたのだ。

(信じられない……!)

当然、すべてを知っている朔太郎も隣で『うそだろ』という顔をしている。

芽衣子はぎゅっとこぶしを握ると、尊の顔を見上げた。

「あの……でも、どうして私だって、わかってたんですか?」

「ん? どういう意味だ?」

尊が不思議そうに首をかしげる。

「だっ、だから……私大変身してましたよね? 『このあと、予定はあるのか』って聞いてきて……」

「ああ。たちの悪い男に絡まれていたときは離れていたから気づかなかったが、すぐにわかったよ。とてもきれいでびっくりした。ただ、俺が見たことがないスタイルだったから、友達とおしゃれして、ホテルに夜景でも撮りに来たのかと思ったんだ」

（うっ……うっそ～～！！！！！）

どうも着飾りすぎて、友達と遊びに来たと思われたということらしい。

なにもかもがちょっとずつずれて、その結果、見事にすれ違ってしまったのだろうか。

芽衣子は茫然として、言葉も出なかった。

そこで朔太郎がもう我慢できないと言わんばかりに、「ちょっと待った！」と、会話に割り込んでくる。

「っていうことはさ、旦那さんは、最初からめーちゃんだってわかってたってこと？」

「当たり前じゃないか。妻を見間違えるはずがない」

尊は苦笑しつつ、それから軽く肩をすくめる。

「俺としてはアレを機に夫婦としてやっていく覚悟をきめたんだが……。ただ、芽衣子さんが、なぜかその夜のことをなかったことのように振る舞うから、そういう『ゲーム』なんだろうと」

それを聞いて、朔太郎がぎょっとしたように大きな目をネコのように見開いた。

「ゲーム……めーちゃん、ゲームだってよ～！　なんだそりゃー！」

朔太郎が「はぁぁぁ～」と大きなため息をついて、それから芽衣子の肩をポンポンと叩く。

「なんかもう、アレだね」

「あ……うん」

芽衣子はこくりとうなずいた。

(事態が複雑になったのは、私のせい……なんだ)

彼は芽衣子だと気づいていたのに、芽衣子は気づかれていないと思っていた。浮気されていると思っていたが、尊は妻である芽衣子を愛していたのだ。

だから微妙にふたりの会話はすれ違いつつも、かみ合っていた。

(えっ、じゃあ大阪でも私だって知ってたんだ……。ちゃんと自宅に戻って、私をデートに誘ってくれたのも……私のためだったんだ)

大阪のホテルのベッドの中で『かわいい奥さんがいる』と言っていたのは、ちゃんと目の前の芽衣子に対して言ってくれていた言葉だったということになる。

そう思うと、尊の言葉や態度は終始甘く、妻である芽衣子を溺愛していたと言えるのではないだろうか。

(そ、そっかぁ~……私、すっごい勘違いしてたんだ……!)

みるみるうちに頬に熱が集まり、体がぞくぞくと震え始める。

こんなに恥ずかしいと思ったことは人生にそうそうない。

「わ、私ったら……！」

両手で頬を押さえると同時に、朔太郎はフフッと笑って、芽衣子と尊の肩を両手でバシバシと叩く。

「あーあ！　なんてゆーか、気が抜けちゃった。僕の出番はこれまでみたいだし、ここはもうちゃんとお互いの気持ち、確かめたほうがいいんじゃない？　じゃまたねー。めーちゃん、うどんサンキュ。家族でおいしくいただきますっ」

と軽やかに言い放つと、床に置いていたうどんが入った紙袋を手に取り、スタスタとその場を立ち去ってしまった。

彼の背中は、芽衣子に声をかけられることを、やんわり拒否しているように見えた。きっとこれは彼の気遣いだ。

「サクちゃん……ありがとうね」

朔太郎がいなければ、大変身して尊に迫ってみようなんて思いもしなかったし、学生生活ももっと孤独だった。彼の気持ちに応えることはできなかったが、感謝の気持ちは忘れたくない。

「――芽衣子さん」

いつまでもいなくなった朔太郎の方向を見て、立ち尽くす芽衣子の肩を尊がそうっと抱き寄せる。

顔を上げると、尊がその切れ長の目に優しい光をたたえて、まっすぐに芽衣子を見つめていた。

その瞳を見た瞬間、ふと芽衣子は気がついた。

彼はいつだってこうやって自分を見つめてくれていたことに――。

目は口ほどに物を言うのだと、今さら気がついてしまった。

(もしかして、私は……尊さんのこういうところを、もっとちゃんと見ておくべきだったんじゃないのかな)

好きだという気持ちにかたちなんてない。

見えないし、触れないし、匂いも形もない。

だが尊の声や優しい眼差し、彼に触れられたときの芽衣子の胸のときめきは、すべて実感できる、リアルなものだ。それでも理解できないことがあるのなら、心の中で『こうだろう』と勝手に決めず、口に出して直接彼に尋ねればよかったのだ。

今思えば、なにもかも単純で明快なことだった。

「帰ろう、ふたりの家に」

「……はい」

小さくうなずくと、肩に乗った彼の手が下りて指が絡み合う。

今まで、数回手を繋いで、そのたびに飛び上がらんばかりに嬉しくなっていたが、今回はそのどれとも違う気がした。

胸の奥で、蝶々が羽ばたいているような気がして妙にくすぐったかった。


尊の車に乗って自宅に戻り、リビングのソファーに並んで腰を下ろす。

言いたいことはたくさんあるはずなのに、なぜかお互い無言で、うつむいている。

半年一緒に暮らしてきた部屋なのに緊張して、心臓の鼓動がどんどん速まってくる。

(うわぁ……沈黙が辛い……!)

先に耐えられなくなったのは芽衣子だった。

「あの、お茶でも淹れましょうかっ……」

少し早口で言って、立ち上がろうとした瞬間、隣に座っていた尊が顔を上げ芽衣子の手を握り、引き寄せる。

「きゃっ……」

尊の腕が伸びて、芽衣子の背中に回る。気がつけば芽衣子の体は、尊の腕の中に閉じ込められていた。

彼の膝の上に横抱きにされて、正面からぎゅうぎゅうと抱きしめられる。いきなりの抱擁に口から心臓が飛び出しそうになった。

「たっ、尊さんっ……？」

「逃げないで」

ジタバタする芽衣子の首筋に顔をうずめた尊が、低い声でささやいた。

「っ……」

カットソーから伸びる芽衣子の首筋に、尊の低い声が吐息と一緒に触れる。その熱が淡い痺れになって芽衣子の体を電流のように伝わっていく。

ドキン、ドキン……。

耳の後ろで、脈を打つ音が響いている。抱きしめられて尊の顔は見えないが、こうやっていると、彼の思いが伝わってくるようだった。

「——はい」

芽衣子はゆっくりと深呼吸をして、小さくうなずく。体から力を抜くと、それを察知した尊が少しだけ安堵（あんど）したように目を細める。

「ありがとう」

そう言って、彼もふうっと息を吐いて言葉を続けた。

「俺が離婚を考えていたのは、君を自由にするためだった。抱かなかったのも、そんなことをしたら俺が君を手放せなくなるからだ」

「尊さん……」

「勝手だな。君を大事にしているつもりで、君を傷つけていた。本当に愚かだった」

尊は自嘲し、それから唇をかみしめる。

「だが、もし俺にチャンスをくれるなら……最初からやり直したい。俺はもう君を失うなんて耐えられないんだ。頼む、俺にもう一度……やり直すための時間をくれないか」

切々と語る尊の懇願は、真に迫っていて、芽衣子の胸はきつく締めつけられる。

（尊さん……自分一人が悪いって思ってるんだ）

そんなはず、ないのに。

芽衣子にはもうわかっていた。

「尊さんだけが悪いんじゃないんです」

芽衣子は尊の胸にそうっと手をついて体を離し、尊と見つめ合う。

「だが……」

「だって、私も言わなかったから。本当は小さい頃から尊さんに憧れていたのに、勇気が出なくて、好きだって言えませんでした。結婚が決まったときも、そのあとも、ずっと……」

「え？　君が、俺を？？？」

尊がぽかんと口を開ける。

芽衣子は笑ってうなずいた。

そう、今さらだが、芽衣子は愛する夫にすら自分の気持ちを打ち明けていなかった。これで結婚生活がうまくいかないと悩んでいたなんて、我ながら笑ってしまう。

「両親にも言いませんでしたよ。でも、気持ちはバレてたみたいで……だから、尊さんとお見合いさせてくれたみたいなんです」

「そ、そうだったのか……」

尊は戸惑いながらも、何度か瞬きを繰り返して長いまつ毛を瞬かせる。

「でも言い訳すると、私、結婚して尊さんが私に手を出してくれないのは、私が『子供っぽい』からだって思ってて。好きだなんて言ったら困らせるって思って……」

「それで、あの変身を？」

「そうです。既成事実を作ってしまえば、尊さんも離婚を考え直してくれるかなって思ったんです」

本当にめちゃくちゃだが、そのときは必死だったのだ。

「ということは……」

尊が軽く首をかしげるのを見て、

「お互いが、最初から気持ちを打ち明けていたら、こんなことにはなってなかったってことですね」

芽衣子はふふっと笑って、それからおずおずと尊の首の後ろに腕を回して、彼の目を覗き込んだ。

「今さらですけど……。尊さん、好きです。ずっと……ずっと好きでした。だから……私を手放したりしないでください。私、これからもずっと尊さんの奥さんでいた──きゃあっ！」

あっと思った瞬間、芽衣子の視界はぐるりと反転して、尊でいっぱいになっていた。

ソファーに押し倒されたのだ。

そして押し倒した側の尊は、なんだか今にも泣き出しそうな顔で、芽衣子の顔の横に腕を突きこちらを見下ろしている。

いつも落ち着いて、感情を滅多に波立たせない尊の知らない顔だった。

「た、尊さん……？」

「——無理だ」

「え？」

「かわいすぎて、死ぬ……今すぐ君を俺のモノにしたい。滅茶苦茶に抱いて、愛したい……芽衣子」

「あっ……」

いつもの『芽衣子さん』ではない、呼び捨てに、芽衣子の心臓は甘く跳ね上がる。頬にカーッと熱が集まるのが自分でもわかった。きっと彼にも芽衣子の気持ちが伝わったのだろう。

次の瞬間、尊は覆いかぶさるように芽衣子の唇を奪い、頬を指先で撫でながら、低い声でささやく。

「愛してるんだ……」

その瞬間、芽衣子の体も頭のてっぺんから稲妻を受け止めたような衝撃を受けた。

「……たしも。私も、愛しています。尊さん……！」

腕を伸ばし尊の首の後ろに手をかけ引き寄せる。

ふたりの距離は、身も心も、結婚後一番近づいたかもしれない。

お互いの瞳の中に、恋をしている相手の顔が映り込んでいた。


前回、ソファーに押し倒されたときは恐怖しかなかったが、今は違った。

イタリア製の柔らかな薄手のブランケットに裸でふたりでくるまっていると、これ以上ない幸せで満ち足りた気持ちに包まれる。

芽衣子は裸の尊の胸によりかかり、眼鏡を外した素顔の彼の顔を見上げた。

「尊さん、本当は『俺』って言うんですね」

「っ……？」

尊が慌てたようにビクッと震えた。どうやら無自覚だったらしい。

「空港に迎えに来てくれたときからずっと『俺』でしたよ」

「……そうか。自分を取り繕うのを忘れていたんだな」

尊は少し恥ずかしそうにうなずきつつ、口元を手で覆う。

そう言って笑う尊は、いつもよりずっと子供っぽく見えた。

（昔、一方的に憧れていた尊さんとは違う……違うけど、嬉しい。こうやって少しずつ、尊さんのことを知って、それから同時に、私のことを知ってもらえたらいいな）

芽衣子はそんなことを思いながら、尊の空いた手に自分の指を絡めて、ぎゅっと握りしめる。

たくさんすれ違って、泣いて、傷ついた。

のほほんのんびりと生きていた自分に、こんな感情があるなんて、初めて知った。

確かに最初から好きだと言っていればこんなことになっていないとは思うのだが、こうなったこと、すべてが無駄だったとは思えない。

涙の分、甘ったれたお嬢様の芽衣子も、少しだけ大人の階段を上ったのだ。

(とりあえず、あとでお父さんとお母さんに電話しよう。ありがとうって)

きっと両親は、笑って『よかったね』と言ってくれるだろう。

「それで、その……芽衣子さん」

「なんですか？」

軽く首をかしげると、尊が目の縁のあたりを赤くしながらしどろもどろに話す。

「子供は何人欲しい？」

「っ!?」

いきなりの発言に、芽衣子は目をまん丸にする。

「俺としては、もう少しふたりの時間を大事にしたい。だが芽衣子さんが子供が欲しいということなら、やはり急いだほうがいいような気もするんだ」

尊は真面目な表情で、今後の家族計画を語り始める。

やはり彼は真面目な人なのだろう。頼もしいし、そして同時に愛おしいと思う。

芽衣子はニッコリと笑って、尊を見上げた。

「子供はすぐにでも欲しいって思ってたんですけど……私ももうちょっと、尊さんとふたりだけでイチャイチャしたくなりました」

「イチャイチャ……」

尊がごくりと息をのむ。

「そう、イチャイチャです。だって私たち、まだまだ新婚さんですもんね」

そんな芽衣子の言葉を聞いて、尊はふわっと花が開くように笑う。

「ああ、そうだな。新婚だ」

そして尊はそのまま黒い瞳を甘くきらめかせながら、芽衣子に顔を近づけた。

「じゃあ、もう一度」

「……次は寝室で」

「あのベッドも買い替えなきゃいけないな。毎晩君を愛せるように、うんと大きなサイズにしよう」

尊はそう言って、ブランケットごと裸の芽衣子を包み込むと、そのまま腕に抱き上げて立ち上がる。

「きゃっ」

急に体が宙に浮き、芽衣子は慌てて尊の肩にしがみついた。

「しっかり俺につかまって。もう、離さないでくれ」

尊は微笑みながら芽衣子の頬に軽くキスをして、そして二階へと上がっていく。

そう、ふたりの新婚生活は始まったばかりなのだ。

エピローグ

「いや～ほんとおふたりには迷惑かけてごめんね」

リビングのソファーでヘラヘラと笑って頭をかく登坂平祐に、

「まったくだぞ」

と尊が憤懣（ふんまん）やるかたない表情でため息をつき、切り分けたケーキをテーブルの上に並べる。

「そ、そんなお気遣いなく……」

一方、芽衣子はどんな顔をしていいのかわからないまま、平祐の前にコーヒーを置いた。

今日はクリスマス前の最後の日曜日だ。少し早い年末の挨拶と称して、登坂が自宅マンションに遊びに来てくれた。彼がここに来るのは初めてだが、夫婦で夫の友人をもてなすという『夫婦っぽい』イベントに、芽衣子はひそかにウキウキしていた。

ちなみに平祐は、手土産に某有名店のフルーツタルトをワンホール買ってきてくれて、芽衣子は飛び上がらんばかりに喜んだが、尊は「これで許されると思っているのか」と、本気なのか冗談なのかわからない怖い表情ですごんでいた。

よほど頭にきているらしい。

「尊さんそんな怒らなくても……」

尊の隣に座りながら軽く彼の顔を見上げると、

「いや、こいつの適当なアドバイスのせいで、こじれてしまったんだぞ。その罪は絶対に重い！」

「ひぃ……またspringめっちゃ怖い顔になってるぅ……」

平祐がおののくのも無理はない。尊は殺意満々な表情でそう言い放ち、タルトにフォークをぐさりと突き刺し、切り分けたひと口を口に運ぶ。

穏やかな彼としては珍しい一面だが、平祐が気の置けない友人だということが大いに関係しているだろう。

（なんだかかわいい……）

ふたりのやりとりを見て、芽衣子は内心フフフと笑っていた。

平祐のアドバイスは確かに的外れだったかもしれないが、そもそも自分のやったことも同じレベルだと思っているので、平祐に怒りはまったくない。

むしろ、尊の自分には見せない違った表情を見られるほうが、ずっと嬉しかった。

(そんなこと言えないけどね)

内心そんなことを考えながら、芽衣子も夫と同じようにケーキを口に運ぶ。フルーツの酸味とカスタードクリームの甘みがサクッとしたタルト生地と相まって、口の中に広がった。

「あっ、おいしいです～!」

「ほんと?　また買ってきてあげるね」

思わず声を上げる芽衣子に、平祐が間髪いれずに応える。

「また……?」

と隣の尊が顔を引きつらせていた。こめかみのあたりがぴくぴくしている。

「ははは。僕としては至極真面目に助言したつもりだったんですけどねぇ……。もちろん、恋してる尊さんがめちゃくちゃ面白かったから、もう少し眺めていたかったとは思ってるんだけど。結果よければすべてよしってことで許してくださいよ。ねっ?」

平祐はそう言ってコーヒーをひとくち飲み、軽く肩をすくめる。

「ったくお前というやつは……」

尊の眉間の皺(しわ)がまた一層深くなるが、結局これ以上言っても仕方ないと思ったようだ。こめかみのあたりを指で押さえながら、ひときわ大きなため息をついていた。

楽しい時間というのはあっという間だ。二時間ほどおしゃべりをして、あっという間に時計の針は五時を回っていた。

玄関まで見送ったところで、平祐がふと思い出したようにニコニコと微笑む。

「そういえば、尊さんから芽衣子さんの料理がめっちゃくちゃおいしいって聞いてるから、いつかご相伴にあずからせてください」

「え、あ、はいっ、ぜひ！　そのときにまた尊さんのお話聞かせてくださいね！」

「芽衣子さん……」

前のめりにうなずく芽衣子を見て、尊がまた渋い表情になった。

そう、今日のお茶の時間はひたすら芽衣子と平祐の間で、尊の昔の話で盛り上がっていた。

尊はものすごくいやそうで申し訳なかったが、本当に楽しい時間だった。

芽衣子だって尊のことを十代から知っているのだが、年に数回挨拶に来るだけだった尊の思い出しかないので、友人という立場から聞ける尊の話は最高のエンタメなのである。

（学生時代の話、ほんと面白いんだもの）

ぶんぶんとうなずきつつ、芽衣子はハッとした。

「あ、そういえばクリスマスはチキンをまるごと焼くつもりなんですよ。よかったら登坂さんも――」

「芽衣子さん」

尊がそうっと名前を呼んで、芽衣子の肩を抱き寄せる。

「はい」

なんだろうと顔を上げると、尊は「あー……えっと、平祐を送ってくる」と言い、そのまま登坂と一緒に玄関を出ていってしまった。

なにか言いたそうではあったが、よくわからなかった。

「どうしたんだろう?」

芽衣子は首をかしげる。


一方、エレベーターを降りるやいなや、尊はやや乱暴に平祐の首根っこをつかんで引き寄せていた。

「お前まさか、クリスマスに来ないだろうな?」

「――駄目ですか?」

つかまれたままの平祐が上目遣いで尊を見上げる。

「駄目に決まっているだろう。ふたりで初めて過ごすクリスマスだぞ?」

「あー……」

平祐は視線をさまよわせたあと「やっぱり駄目かぁ」と肩をすくめる。

「むしろお前は、一緒に過ごす相手がいるだろうが」

なぜ自分たちの間に入り込もうとするのか、尊には理解できない。

「ひとりに絞り切れなくて。むしろ絞ると本命だって思われるのがいやで」

平祐はこの調子のよさで幾分か誤魔化されているが、学生の頃からファンクラブが存在するような派手な男だ。ちなみに社内では「魔性のオトコ」と呼ばれているのだとか。

こいつのどこが魔性なのだと思うが、確かに他人の領域にズカズカ踏み込んでくる割には、人に自分の本心を見せないところがある。

そういうミステリアスな部分が、女性から見たら気になるのかもしれない。

(まぁ、人は見たい部分しか見ないからな)

余白を勝手に想像して、理想を押しつけられるのは、昔から無口だった尊も経験済みだ。愛する妻には誤解されたくないので、これからは積極的に彼女に対しては思いを隠さないつもりでいるが、それはそれだ。

急に平祐という男のことが心配になってしまった。

「おい……くれぐれも痴情のもつれで刺されるなよ。俺は絶対に、お前の葬式になんか行きたくないからな」

尊の言葉に、平祐は一瞬だけ目を丸くして、

「まぁ、それは大丈夫と思いたいですあはは」

くせっ毛をくしゃくしゃとかき回しながら笑い、それから尊を見上げた。

「でもまぁ、よかったですね。これからは仲良くしてくださいよ。他人につけ入る隙を見せちゃだめですよ」

「ん？　ああ……」

つけ入る隙を他人に見せたことはないつもりだが、妙に平祐の目が真に迫っている気がして、尊はうなずいた。

それからなんとなく流れで、マンションから少し離れたところにあるコインパーキングへと向かう。上着がないので少し寒い。尊は体の前で腕を組みながら平祐と肩を

並べて歩き、少し懐かしい気分にもなった。

「昔はよくこうやって歩いたな」

「そうですね。車に乗せてあげるって言っても、尊パイセン、さっさと歩くから」

平祐はそう言ったあと、少し笑う。

「てか、芽衣子さんってかわいい人ですねぇ。尊さんがあんなにデレるの、ちょっと新鮮でしたよ」

「うるさい」

だが平祐の口から妻を褒める言葉を聞いたのは素直に嬉しかった。

「これから楽しいことばっかりじゃないですか。尊さん、ワーホリ気味だから、そこ反省して、今やれることはしといたほうがいいですよ」

「言われなくてもする。したいことはたくさんあるんだ」

「例えばなんです？」

平祐がさらりと尋ねる。

「うーん……まずは料理だな。芽衣子さんは本当に料理上手だが、これから先俺が料理ができるにこしたことはないし。教えてもらうつもりでいる。もしかしたら数年内に、子供を授かるかもしれないし……」

向こう一年はふたりきりの生活でいいと思っているが、芽衣子はまだしも自分はひとまわり以上、年が離れている。できれば三十代のうちに父親になっておきたい、というのが尊の正直な気持ちだ。

「娘さんが生まれたら、僕は素敵なおじ様ポジションでいきますね」

「近づかせないぞ」

「あっ、ひどい」

平祐はゲラゲラと笑いながら、それからふと遠い目で、立ち止まる。

気がつけば駐車場に着いていた。平祐はデニムのポケットからキーを取り出しつつ、

「いいなぁ……はぁ、羨ましい。なんか僕、すごく寂しくなってきました」

と、つぶやいた。

「だったらお前も本命を作れ」

多少軽いところはあるが、それが本質ではない。彼は人のことをよく見ているし、気遣いができる。その気になれば恋人ときちんとした関係を築けるはずだ。

「はぁ……勝手なこと言って」

だが平祐はその尊の発言に軽くため息をついて、それから空を見上げた。

「あ、ほら尊さん。星が出てますよ。ベテルギウス」

「ん？」

十二月下旬ともなれば、五時でとっぷりと日が暮れている。冬の大三角の名前を出された尊もつられたように顔を上げた。

「どこだ」

「だからこの指の先ですって」

登坂が尊の隣で、天高く指を指す。

「うーん……？」

ベテルギウスはオリオン座にある赤い星だ。おおいぬ座のシリウスとこいぬ座のプロキオンと一緒に、冬の大三角形を作る、美しくて明るい星である。

だがいくら目をこらしても、星の瞬きが目に入らない。

「老眼ですか？」

登坂がくすっと笑う。

「なわけあるか。十年は早いだろ……」

「眼鏡外してみてくださいよ。それで見えたら老眼です」

「お前なぁ……」

そうは言いつつ、まさか違うだろうと尊はかけている眼鏡を外して、目頭をつまみもう一度夜空を見上げていた。

「見えますか?」

「うーん……?」

登坂の声が近いなと思いながら、首を振ったところで、

「——尊さん!」

と女性の声がしたのだった。


ふたりを見送ったあと、食器を洗った芽衣子は手持ち無沙汰にソファーに座って夫の帰りを待っていた。

(まだかな……)

尊が戻ってきたら、一緒に夕食の準備をする予定になっていた。

最近尊は、芽衣子に『料理を教えてほしい』と言ってくれて、時間があるときはふたりでキッチンに立つこともあるのだ。

今晩はふたりで野菜たっぷりのキーマカレーを作る予定だった。スパイスを調合し

て作るキーマカレーは一見難しそうに見えるが、実際はそうでもない。きっと尊も楽しめるだろうと楽しみにしていたのだが、いつまで経っても戻ってくる気配がない。

「どうしたんだろう……」

立ち話のつもりが盛り上がっているのだろうか。そんなことを思いながら、芽衣子はソファーから立ち上がって玄関へと向かう。そこでふと、玄関脇に置いていたポールハンガーに、尊の防寒着一式がそのままなのに気がついた。

「あっ！」

今日の尊は、着慣れたコットンのシャツの上にざっくりと編んだセーターというカジュアルな装いをしていた。部屋の中は暖房が効いているが、そのまま外に出たとしたら、寒いに違いない。途端に尊の体が心配になってしまった。

迷ったのは一瞬だ。芽衣子は尊のウールのロングコートを腕に抱えて、玄関を飛び出していた。

帰り道は短いかもしれないが寒い思いをしてほしくない。そしてもし外で立ち話をして盛り上がっているのなら、コートを渡して戻ってくればいいのだ。

（やっぱり男の人同士で話したいことはあるだろうし……）

尊の学生時代を知っている平祐に、ちょっとうらやましいと思う気持ちがないわけではないが、芽衣子だって邪魔をするつもりはない。

焦らなくても尊は家に戻ってきてくれるのだから――。

「えっと……」

登坂は『近くの駐車場に車を停めている』とそう言っていた。だとすればだいたい場所の想像がつく。

「たぶんこのあたりだと思うけど……」

そうやって周囲をきょろきょろしていると、駐車場の明かりの下にふたりの男性が寄り添っているシルエットが見えた。愛する夫の姿を見間違えるはずがない。

「尊さん……！」

声をかけた瞬間、尊がぱっとこちらを振り返って、驚いたように近づいてきた。

なぜか眼鏡はかけておらず、手に持っている。

風呂と寝るとき以外は眼鏡を着用しているので、珍しいこともあるものだ。

「芽衣子さん、どうしたんだ？」

尊が目をぱちくりさせながら芽衣子の顔を覗き込んでくる。

「あらら。帰ってこないから心配しちゃった？」

背後からゆっくり近づいてきた平祐が、ちょっと呆れたように肩をすくめるのが見える。

(もしかしたら余計なお世話だったのかも……)

尊は小さな子供ではないのだ。芽衣子は恥ずかしくなりながら、それでも手に持っていたコートを尊に差し出した。

「あ、あの、コート着ていってなかったから、尊さん、寒いかと思って……」

「ああ、そうだな。ありがとう」

尊は目をぱちくりさせたあと、ふわっと花がほころぶように微笑む。

芽衣子が差し出したコートを素直に羽織ってくれたが、目の前の芽衣子を見下ろし、驚いたようにクワッと目を見開いた。

「そういう君はなにも着てきてないじゃないか！」

「あ……」

言われて初めて、自分もニットワンピース一枚しか着ていないことに気がついた。

無我夢中で自分のことは二の次だったらしい。

「す、すみませんっ……でも私、すぐ戻るので……くしゅっ！」

「ほら、くしゃみをしてる！」

尊はおろおろしつつも慌てたようにコートの前を開くと、そのまま芽衣子の体を抱き寄せ、中に包み込んでしまった。

「たっ……たけ、たける、さ……!?」

いきなり抱き寄せられて、芽衣子は頭が真っ白になった。

いくら夫婦になったといえども、それはまだ最近のことで、密着するとドキッとするし心臓はバクバクするし、顔は熱くなってしまう。

「いいから。ちょっとの間、ここにいなさい」

尊はハーッとため息をつき、それからあっけにとられているような平祐を肩越しに振り返った。

「平祐、気をつけて帰れよ」

「はーい」

なぜか固まってその場に立ち尽くしていた平祐はその瞬間、一瞬だけ息をのんだが、それからいつものようにちょい、と肩をすくめ踵(きびす)を返す。

「じゃあまた~。少し早いけど、よいお年を!」

そして濃紺のスポーツカーに乗り込むと、エンジンをかけてそのままゲートをくぐる。車内から、コートの中に包み込まれた芽衣子を優しい目で見つめている尊を横目で見ながら、

「勝てっこなかったな、ほんと……」

とつぶやいた諦めの言葉は、当然誰の耳にも届かなかったのだった。


「――尊さん」

「ん？」

「その……いつまでこうしてるんでしょうか……」

コートの内側にすっぽりと包み込まれたまま、数分が経過していた。平祐の車はとっくに姿を消している。

「うん……まぁ、もうちょっと。君の体が冷たいから心配で」

背中を抱き寄せる尊の腕は、少しだけ強かった。

（心配してコートを持ってきたのに、逆に気遣わせてしまった……駄目だな、私……反省だよ）

芽衣子はムムムとなりながら、顔を上げる。尊は駐車場の灯りを背に立っていて、よく顔の表情が見えない。だが眼鏡をかけていないのはわかる。

「眼鏡、どうしたんですか？」

「ああ……それは平祐が……いや、やめておこう。かっこ悪いし」

「えっ、気になります。なんでですか？」

尊にかっこ悪いところなどひとつもないので、意味がわからない。

「いや、本当にいいんだ。大したことじゃない」

尊はきっぱりと言い切ると、それから声を少しだけ抑えて低い声でささやいた。

「眼鏡を外しても、君の顔はよく見える。瞳の中が……キラキラして……まるで星みたいだ。冬の大三角形が見えなくても別に構わないな」

「え？　あ……」

頬を傾けた尊の唇が近づき、そうっと芽衣子の唇に重なる。

その瞬間、外でキスしていいのかと全身が燃えるように熱くなったが、行き交う人もいなかった。

コートの中にすっぽりと包まれた自分の姿は、誰にも見られないだろう。

そう、見ているのは尊だけ――。

（このくらい、いいかな……）

芽衣子はロマンチックな冬の景色の中、うっとりと目を閉じたのだった。

結局尊は着ていたコートを芽衣子に羽織らせて、急ぎ足で自宅に戻ることになった。

これでは本末転倒だ。玄関に入ってコートを脱いだところで、尊が芽衣子の顔を覗き込んでくすっと笑った。

「鼻の頭が真っ赤だな」

「……見ないでください」

女性の体は末端から冷えるものだとわかっているが、やはり恥ずかしい。

両手で慌てて鼻から下を覆うと、尊がクスクスと笑って頬を両手で挟み込む。

「料理はあとにして、風呂に入ったほうがいい。準備をするから」

そして尊はいそいそとバスルームへと向かおうとしたのだが――。

「ま、待ってくださいっ！」

芽衣子は慌てて尊の背中に飛びつき、腕を回した。

「お風呂、一緒に入りたいですっ！」

「っ⁉」

「一緒が、いいです。だめですか……？」

「駄目なんてあるものか。いいに決まっている」

尊はフーッと息を吐くと、芽衣子の腕をそうっと離して、正面に回り込んだ。

「あの、実は私、尊さんとしてみたいこと、たくさんあるんです……」

芽衣子は頬を赤らめながらも、彼を見上げた。

そう、台所に一緒に立つことだけじゃない。

芽衣子にはたくさん尊とやってみたいことがある。

「どんな？」

そう尋ねる尊の眼差しは、とても優しかった。

暖かくて慈しみに満ちているその瞳に背中を押された芽衣子は、思い切って口を開く。

「手を繋いでデートに行って、ショッピングでお互いの洋服を選びっこしたり……とか。尊さんの運転で、海沿いをドライブもしたいし……私は運動神経がいまいちだけど、テニスはできるので、一緒にテニスもしてみたいなって」

「ああ。やろう」

「あと、夏になったら浴衣(ゆかた)着て花火とか……！」

「楽しそうだ」

尊が笑顔になったのを見て、芽衣子の胸が弾む。

「あの、尊さんもありますか？」

「ああ、もちろんあるよ」

尊はしっかりとうなずいて、それからぎゅうっと芽衣子の体を抱きしめて耳元でささやく。

「俺もたくさん、君としてみたいことがあるんだ」

まずは一緒にお風呂に入って、体を洗いっこすること。

それから——。

尊のおねだりは次から次に出てきたけれど、それはどれだけ積み重なっても嬉しいばかりで。

お風呂の中で響く笑い声は、いつまでも続いていたのだった——。

番外編　してみたいことたくさん

「では行ってきます」

「はい、行ってらっしゃい、尊さん」

尊は玄関を出たあと、ニコニコと見送ってくれた芽衣子の姿を思い出しつつ、急ぎ足でマンションを飛び出し駅へと向かっていた。

気がつけば年が改まり、一月上旬。先週、芽衣子と一緒に香川県の義両親のところへ帰省し、帰ってきたばかりである。仕事は始まったが、まだなんとなく会社全体に年明けののんびりした空気が漂っている、そんな時期だ。

芽衣子はあとは卒業を残すのみで、ほぼゼミに顔を出すだけらしい。今日は『編み物をしてゆっくり過ごします』と言って、まるで巣ごもりするかのようにソファーの周りに、ひざ掛けやカフェオレ、焼き菓子を並べて満足そうにしていた。

（あれは、額に入れて飾りたい景色だった）

芽衣子の愛らしさを思い浮かべるだけで、自然と尊の頬は緩んでしまう。

だが百八十オーバーの悪役顔のスーツ男が、へらへらと笑っているのを見られるのはさすがに恥ずかしい。厳しく見られがちな表情をさらに引きしめて、メタルフレームの眼鏡を指で押し上げつつ、駅の構内に入る。

ひそかに思っていた芽衣子と結婚したのは昨年の春のことだが、本当にふたりが夫婦になったのはここ数か月と言っていいのではないだろうか。

盛大な勘違いと紆余曲折があり、ようやく結ばれたわけだが、この生活に思うことがないわけではない。

尊にはうちに秘めた熱い思いがあった。

(『行ってきますのちゅー』を、されてみたい……!)

されてみたい、されてみたい……されてみたい。

脳内で盛大なエコーがかかってしまうくらい、尊はここのところ、ずっとそのことばかりを考えていたのだった。

(我ながら馬鹿すぎるな……)

時間ぴったりに来た電車に乗って、邪魔にならないよう端に立つ。目の前の吊革をつかんだまま、唇を一文字に引き結んだ。

思えば去年、クリスマス前に『お互いにやってみたいこと』を打ち明け合ったことがあった。

一緒にキッチンに立つこと、お風呂に入ること。

手を繋いでデートをして、お互いの服を選ぶこと――。

些細(ささい)なことから、ちょっと色っぽいものまで、尊と芽衣子はワクワクしながら、お互いのささやかな夢を打ち明けた。

そのほとんどは驚きつつも双方で受け入れられたのだが、尊はひとつだけ伝えられなかったことがあった。

それが『行ってらっしゃいのチュー』をしてもらいたい、という、実に甘ったるい願望だったのである。

芽衣子は勿論、それを聞いて尊を馬鹿にしてくるような女性ではないと、わかっている。

ただ自分が恥ずかしい、それだけだ。

(『行ってらっしゃいのチュー』……口に出すだけでも憤死しそうな単語だな)

だがしてもらいたい。

なぜなら自分と芽衣子は新婚だからだ。

いや、新婚が終わっても、ハグやキスはことあるごとにしていきたいが、仕事前に芽衣子から、行ってらっしゃいのチューを毎朝してもらえたら、きっと仕事に張り合いが出ること間違いなしだろう。

新妻への煩悩（ぼんのう）を押し殺し、横浜の事務所でいつものようにデスクワークをこなしていると、コンコン、とドアがノックされた。

「どうぞ」

答えると同時に「失礼します」とドアが開き、社員の男性が顔を覗かせた。

「今、よろしいでしょうか」

「ああ、なにかあったか？」

彼の名は本田（ほんだ）といい、会社を立ち上げたときに入社してくれた社員だ。

いつもニコニコしていて感じがよく、それでいて仕事はきっちりしていて、尊も信頼している社員のひとりである。本田はおずおずと、少し照れたようにデスクに近づいてきて、ぺこりと頭を下げる。

「あの、実はちょっとご報告したいことがありまして。もしよろしければランチでもいかがでしょう」

言われて腕時計に目を落とすと、時刻は正午を回っていた。断る理由はない。

「勿論だ。行こう」

尊はパソコンの電源を落とし、本田と連れ立って昼食に向かうことにした。

職場から数十メートル離れたビルの、半地下にある中華料理店に入り、本日の日替わりランチをふたつ頼む。

ちょうどランチタイムだったが、すぐに目の前に本日の日替わりランチである『豚の甘酢炒め』定食が並べられた。

いただきます、と手を合わせお互いモグモグと箸を動かしていると、それからややして、本田が口を開く。

「あのっ、実はその、結婚することになりまして」

「そうだったのか。おめでとう」

尊は持っていた箸をいったん置いて、本田の顔を正面から見つめた。

ご報告と言うから少し身構えていたが、慶事でホッと胸を撫で下ろす。

「それでお相手は？」

「実はA百貨店のバイヤーさんです」

「へぇ……ああ、あの人か」

尊の会社は輸入雑貨を百貨店などに卸しているので、その繋がりの出会いだったらしい。

「春に結婚式をする予定なんです。もしよろしければ社長に出席していただけたらな、と」

「ああ、勿論だ。ぜひお祝いさせてほしい」

尊の返答に、本田はニコニコと微笑んだ。

「そういえば社長もまだまだ新婚なんですよね。その、どんな感じですか？」

「どんな感じとは？」

軽く首をかしげると、男性は少し照れたように笑った。

「その、結婚したらやっぱりトキメキとか減っちゃうのかな、とか。僕はそれは心配で……勿論、結婚を前提に付き合っていたんですけど、慣れすぎるのもなーって」

「なるほど」

聞けばふたりは付き合いだしてまだ一年弱らしい。とはいえ、結婚はタイミングともいうし、ふたりで決めたのなら早いも遅いもないはずだ。

「ああ、大丈夫だ。トキメキは減らない。むしろどんどん……増えていく」

「どんどんっ……？」

本田がクワッと目を見開いた。

「あ～、そっかぁ！　確かに社長はデスクに奥さんの写真飾るくらい愛しちゃってますもんねっ」

本田はホッとしたように微笑むと、そのまま箸をせっせと動かし始める。

「まぁな」

改めて他人に指摘されると、なんだか恥ずかしくなった。

そう、芽衣子本人にはまったく気づかれなかったが、尊はわかりやすいくらい芽衣子しか見ていなかったのだ。

(帰省したときも、ご両親からからかわれたくらいだし……)

芽衣子が先に眠ってしまったあと、両親とゆっくり地酒を酌み交わしながら話をした。尊としては謝罪せねばと思っていたが、それは最初に断られてしまった。

『謝られるようなことはないと思うよ』

『誤解ですれ違ってるだけだろうなって、思ってたわ。だって尊さん、芽衣子を見る目はずっと優しかったもの』

遠く離れてふたりを見ていたわけでもないのに、すごすぎる。おみそれいたしましたと、頭を下げるしかなかったのは、三人だけの話だ。

本田との食事を終えて、会社に戻る。

スマホを見るとちょうど芽衣子からメッセージが届いていた。画像付きで『ひざ掛けを編み終わりました！』と羊のキャラクターが跳ねている。

「ふふっ……かわいいな」

本当になにをしてもかわいい。好きすぎて胸が苦しくなってくる。我ながら病気ではないかと思うが、気持ちは抑え切れない。

そう、自分は芽衣子が大好きなのだ。

隠しても仕方ないし、芽衣子には気持ちを伝えると決めたではないか。

尊はぎゅうっと唇を引きしめて、スマホを握りしめる。

「クリスマスからお正月まで、食べすぎたからちょっと軽くしていかないとね……」

キッチンで包丁を動かしながら、芽衣子は腹筋に力を入れる。尊は生まれつき筋肉質らしく、少し筋トレしたり走ったりするだけで、腹筋が自動的に割れる便利な体をしているらしいが、芽衣子は違う。食べたら食べた分だけ、ぷにぷにしていくのだ。

尊は『芽衣子さんがどんな体型になってもまったく構わない』と言ってくれるし、実際そうなのかもしれないが、やはり女心的には尊に『かわいい』と思われたい。

（私はダイエットを意識しつつ、尊さんにはもう一品、なにか食べ応えのあるものを作ろっと）

そんなことを考えながら料理の下ごしらえをしていると、リビングで充電しっぱなしのスマホがメッセージの着信を知らせる。

「はいはい……」

いそいそと手を拭いてスマホを手に取った。いつも通り『今から帰ります』というメッセージだったのだが、その五分ほど前にもメッセージが届いていた。

「えっ……？」

尊からのメッセージに、芽衣子は目を白黒させる。

『実は大事な話があります』

『帰ったらすぐに話を聞いてほしい』

尊のメッセージはいつも真面目で硬い雰囲気はあるのだが、なんだか目に見えない気合のようなものが伝わってくる気がした。

「なんだろう……」

今朝はとくに大事な話をされるような雰囲気がなかったので、急に心臓がドキドキと鼓動を打ち始めた。

だが尊とは、なんでも相談し合える夫婦になりたいと常日頃言い合っている。

「よ、よし……」

芽衣子はそわそわしつつも、尊を迎える心の準備をするのだった。


それから小一時間で、尊が帰宅してきた。

「ただいま」

「おっ、お帰りなさいっ！」

芽衣子はスリッパをパタパタ言わせながら彼の元へと走る。

(帰ったらすぐってていってたけど……すぐかな)

コートを脱ぐのを手伝いながら、尊を見上げた。

「芽衣子さん」

尊はキリッとした表情で芽衣子の肩をつかみ、顔を近づける。

「は、はいっ」

すぐというのは本当にすぐだったらしい。コートを急いでポールハンガーに掛け、
それからいったいなにを言われるのかと、緊張しつつ夫の顔を見上げた。

「実は、お願いがあるんだ」

「なんでしょうか……」

「――」

「――」

双方が無言で見つめ合う。おそらく時間はほんの五秒程度のことだったが、尊の眉間にぎゅうっと皺が寄り、芽衣子が『渓谷……』と感じ入ったところで、ゆっくりと形のいい唇を開く。

「ちゅっ」

「ちゅ？」

「……チューしてほしい。毎朝……会社に、行く前に」

尊の非常にいい声で、まるで低音ボイスのアナウンサーのような活舌で飛び出した言葉は、芽衣子の想像を大きく外れていた。

「え、あ……チューって……その、チューですか……？」

「まぁ、そうだな。繰り返されたら恥ずかしいんだが……その、実はひそかに憧れていたんだ。『行ってきますのチュー』に。でも恥ずかしくて言えなかった……」

尊はすうはあと何度か息を大きく吸い込みつつ、まっすぐに芽衣子を見つめる。

（そっかぁ……そうだったんだ）

思いが通じ合ってから、かなりスキンシップは増えたと思うが、まさかそんなことを彼が考えているとは思わなかった。

「……嬉しいです」

芽衣子は照れ照れしながら、そのまま尊に寄り添い、腕を伸ばし彼の頬を両手で包み込んだ。

「芽衣子さん？」

尊がすこし不思議そうに、目を細める。

その次の瞬間、芽衣子はうんと背伸びをして尊の唇にキスをしていた。

「っ!?」

突然の妻からのキスに、尊が目を見開く。

それもそうだろう。本来、芽衣子はこういうことに関しては、あまり自分から積極的にいくタイプではないのだ。

本当の夫婦になってからは、グイグイいくのはいつも尊のほうで、芽衣子はひたすら受け身で愛されるだけだった。

なのでこれは本当に、芽衣子なりに勇気を振り絞った行為なのである。

「そしたら私は『お帰りなさいのチュー』も、したいです……！」

いつにない自発的な自分に少し照れながらそうささやくと、尊はパーッと表情を明るくして、いきなり両腕を左右に開いたかと思ったら、そのまま芽衣子の体をぎゅうっと抱きしめてしまった。

「きゃっ！」

「芽衣子さんは本当に最高の奥さんだ」

こめかみに触れる彼の声は弾んでいた。

尊が喜んでくれている。それだけで芽衣子の心は晴れやかに澄み渡る。

行ってきますとお帰りなさいのチューを、いつまでできるかはわからないけれど、夫婦生活はこれからも続く。

一日一日を大事に生きていこう。彼とふたりで。

「へへへ……」

芽衣子は照れつつも愛する夫の背中に腕を回し、ふたたび訪れるキスの予感に目を閉じるのだった。

あとがき

こんにちは、あさぎ千夜春です。

このたびは『堅物夫が私（妻）と浮気しています!?』をお手に取ってくださって、ありがとうございました。

マーマレード文庫様の周年記念ということで、私もいつもより張り切って執筆させていただきました。

タイトルに関しては、今回非常にわがままを言いまして『これじゃなきゃやだよー！』と地団太を踏み、担当さんを困らせてしまいました。最終的に『シカタナイワネ……』と許してくれたマーマレード文庫編集部の皆様、本当にありがとうございます。

作品の話を少しだけ。

普段の私は、わりとヒロインがヒーローに塩対応で、ヒーローが必死にヒロインを追いかける作品ばかりを好んで書いているのですが、たまにヒーローのことが大好きなヒロインも書きたくなります。それが今作になります。

ドタバタしつつも、最終的にかわいい夫婦のお話になりました。

あと、なんだかつかみどころのない登坂やサクちゃんも、書いていて楽しかったですね。登坂にとって尊は特別な人で、朔太郎にとって芽衣子も特別な存在だったんだけど、相手には運命の相手がいて、うまくいかないわね……みたいなね。

これは芽衣子と尊のお話だからと思いつつ、ページが許せばもっと書きたいくらいでした。

それではこの辺で。

かわいくて素敵な表紙を描いてくださったべっこ先生、本当にありがとうございました。

またどこかで読者の皆様にお会いできたら嬉しいです。

あさぎ千夜春

マーマレード文庫

堅物夫が私（妻）と浮気しています!?

2022年3月15日　第1刷発行　定価はカバーに表示してあります

著者　あさぎ千夜春　©CHIYOHARU ASAGI 2022
発行人　鈴木幸辰
発行所　株式会社ハーパーコリンズ・ジャパン
東京都千代田区大手町1-5-1
電話　03-6269-2883（営業）
0570-008091（読者サービス係）
印刷・製本　中央精版印刷株式会社

Printed in Japan ©K.K. HarperCollins Japan 2022
ISBN-978-4-596-33385-8

m a r m a l a d e b u n k o